NIC STONE

Nic Stone nació en los suburbios de Atlanta, Georgia. Después de graduarse del Spelman College, trabajó intensamente como mentora de adolescentes. Vivió en Israel varios años antes de regresar a Estados Unidos. De esa variedad de culturas, religiones e historias entre las que creció nace su absoluta capacidad para dar voz a personajes muy diversos. En *Querido Martin*, su primera novela, se propuso examinar conflictos actuales desde las enseñanzas del Dr. Martin Luther King Jr.

Stone vive en Atlanta con su esposo e hijos. Puedes encontrarla en X y en Instagram como @getnicced, y conocer más sobre su trabajo en nicstone.info.

También de Nic Stone

Querido Martin
Querido Justyce

Querido Manny

NIC STONE

Traducción de
Hugo López Araiza Bravo

VINTAGE ESPAÑOL

Título original: *Dear Manny*

Primera edición: marzo de 2026

Publicado por Vintage Español®, marca registrada de
Penguin Random House Grupo Editorial USA, LLC
8950 SW 74th Court, Suite 2010
Miami, FL 33156

Traducción: Hugo López Araiza Bravo

Diseño de cubierta: Aarushi Menon y Carol Ly
Adaptación de PRHGE

Impreso en Colombia / *Printed in Colombia*

Información de catalogación de publicaciones disponible
en la Biblioteca del Congreso de los Estados Unidos

ISBN: 979-8-89098-573-6

Para quienes siguen creciendo

¡Hola de nuevo, queridos lectores!

Ya sé, ya sé... ¿*Otro* libro de lo que supongo que ahora es oficialmente una trilogía? ¡¿Y con un chico blanco en la portada?! ¡¿Y eso?!

Bueno, pues sucede que en los nueve años que han pasado desde que se publicó la edición en inglés de *Querido Martin*, me he encontrado con una gama gloriosamente amplia de jóvenes que lo leyeron y quedaron conmovidos con él. Por medio de correos electrónicos, mensajes, cartas y conversaciones, he llegado a estas tres verdades universales:

1. Ser una persona es difícil.
2. Ser una persona que se relaciona con otras personas es aún más difícil.
3. Ser una persona en un mundo multicultural en el que tienes que estar en relación con *montones* de personas, muchas de las cuales lucen, piensan, sienten y creen de manera diferente a ti, es lo más difícil de todo.

La tercera es la que más cierta se siente ahora. (Mira las noticias si no me crees). Y, sin embargo, aquí estamos, tratando de averiguar no solo cómo sobrevivir, sino cómo prosperar y *además* hacer el mayor bien posible en un mundo lleno de personas diferentes.

Lo mismo se aplica a jóvenes como Justyce McAllister, Quan Banks y Jared Peter Christensen (el de la portada). A pesar de provenir de contextos muy diferentes, los tres han hecho lo mejor que han podido con las cartas que les repartió la vida. La diferencia está en qué decide hacer cada uno con esas cartas en cuanto recibe información nueva.

Cuando conocimos a Jared Peter Christensen en *Querido Martin*, era un niño engreído y fastidioso. En *Querido Justyce* seguía siendo un niño engreído y fastidioso, pero se había centrado un poco y estaba tratando de ayudar.

Ahora, en su propio libro, veremos cuánto ha madurado… o no. De cualquier manera, Jared no se iba a callar hasta que lo escribiera.

Espero que les guste.

Dos años, dos meses y tres días antes

Jared dejó que las primeras dos llamadas se fueran al buzón y directamente silenció la tercera. Pero entonces llegó una cuarta. Lo que significaba que habría una quinta. Blake Benson, uno de sus amigos más cercanos desde la primaria (aunque en tiempos recientes se había empezado a preguntar por qué) era muy persistente.

Pero Jared no quería hablar. Seguía demasiado enojado por la pelea con su supuesto *mejor* amigo.

Contestó de todos modos, aunque fuera para decirle a Blake que dejara de llamar.

—¡¿SOCIO, POR QUÉ NO CONTESTAS MIS LLAMADAS?! —Esas fueron las primeras palabras en salir de la boca de Blake. Porque, claro, sin importar por qué lo había llamado la primera vez (y la segunda… y la tercera...), el hecho de que Jared no hubiera contestado era lo más importante.

La palabra *engreído* retumbó en su cabeza. Se la había escupido con la fuerza de una bala la única persona con la que solía sentirse cómodo siendo él mismo. Y si eso no había dolido lo suficiente, el posterior puñetazo en la mandíbula fue el remate perfecto.

—*Bro* —dijo Jared, y la palabra le sonó rara, pero lo ignoró—, no sé qué quieres, pero de verdad no estoy de humor...

Un *¡buuup!* en su oído anunció otra llamada. Miró de quién era, y el nombre y la foto en la pantalla lo sorprendieron tanto que se les quedó mirando. Sarah-Jane Friedman tenía que ser la persona que más lo odiaba en el mundo. ¿Por qué lo estaba llamando?

—¡¿Bueno?! ¡TIERRA A CHRISTENSEN!

Jared se alegró de no tener el celular en la oreja, porque Blake gritaba fuerte. Jared odiaba que le gritaran. Su papá ya le gritaba suficiente... De verdad que no le hacía falta de parte de un amigo...

La cara de Sarah-Jane apareció de nuevo.

—Ahora te marco, socio —dijo Jared sin esperar respuesta antes de contestar la otra llamada.

—¿Hola?

—¿Jared? —SJ sonaba más angustiada de lo que a Jared le resultaba cómodo.

—Bueno, fuiste tú quien me llamó.

En cuanto las palabras salieron de su boca, Jared deseó podérselas tragar. Se ponía sarcástico cuando estaba nervioso, un tic defensivo que había desarrollado tras años de ser acosado por el monstruo de su hermano mayor. Nunca quería sonar como un imbécil arrogante (así también le había llamado su ¿ex? mejor amigo), pero al parecer sus intenciones no importaban.

—De verdad me encantaría colgarte, pero por tu típico tono de imbécil supongo que no tienes idea de lo que está pasando. Y eso apesta en muchos niveles.

Eso puso a Jared a pensar. "Lo que está pasando"... ¿Qué rayos quería decir con eso? Lo que salió de su boca fue:

—¿Por qué apesta?

—No quería decirte yo.

—¿Decirme qué?

SJ no contestó de inmediato, lo que creó el suficiente tiempo para que un pavor que Jared nunca había sentido en su vida se extendiera por su torso y le subiera por la garganta como un humo negro y viscoso.

—Les dispararon, Jared —empezó SJ.

Y Jared supo lo que seguía. Lo sintió. Había visto historias como esa una y otra vez en redes y siempre había desviado la mirada.

—... en un semáforo —siguió SJ—. Un poli fuera de servicio...

Algo parecido a la estática inundó la mente de Jared y solo dos palabras entraron en ella:

—… no sobrevivió.

—Me tengo que ir —dijo Jared—. Me llama mi papá.

Y colgó.

Hubo un clic y luego un zumbido en su mente, como si se encendiera un carrete de recuerdos. Escenas breves de las últimas semanas vinieron a su memoria, cada una más atormentadora que la anterior: su estómago retorciéndose cuando Blake soltó la palabra con ene en su fiesta de cumpleaños (algo que Jared nunca había hecho, aunque debe admitir que lo había pensado), pero había defendido a Blake de todos modos. Porque ¿quién se creía Justyce McAllister que era para armar un escándalo en un espacio ajeno?

Sintió pánico cuando Justyce empezó a tirar golpes, y alivio cuando se largó, pero también estaba brutalmente nervioso y un poco molesto cuando Manny —que se suponía que era su mejor amigo— decidió irse con él.

Sintió una punzada de rechazo en la feria del condado, unos días después, cuando Manny no se rio de su chiste. Había sido medio cruel, sí. Había visto a una mujer negra con cinco niños todos con tonos de piel diferentes, así que hizo un comentario sobre papás diferentes. Y a todos los demás (que sí, eran blancos como Jared) les pareció graciosísimo, pero Manny se ofendió y se puso todo lúgubre. Jared obviamente sabía que Manny era un chico negro. Él tenía ojos. Pero antes de que se empezara a llevar con Justyce (que sí, también era un chico negro) eso nunca había importado.

Y luego tuvo la sensación de que todo el aliento salía de sus pulmones cuando Manny lo derribó contra el suelo del gimnasio cuatro días atrás. No había logrado recobrar el aliento y una sacudida de dolor le recorrió los senos nasales cuando el puño de Manny hizo contacto con su cara. De nuevo, Jared había hecho un chiste. Sí, era sobre la esclavitud o algo (Jared puede o no haberse referido a sí mismo como *el amo* y sugerido que Manny necesitaba su permiso para algo). Pero la esclavitud había acabado hacía mucho tiempo, y los padres de Manny eran literalmente las personas más exitosas que conocía. Le habían regalado una Range Rover nuevecita y tuneada por sus quince años —para que aprendiera a conducir con el vehículo que usaría cuando le dieran su licencia—, lo que significaba que el chiste era absurdo. La familia de Manny podría comprarlo a él. Por eso era tan buen chiste (para él, al menos).

Las palabras que Manny le gritó a Jared —racista, privilegiado, engreído, arrogante, imbécil— le dolieron más que sus golpes. Manny lo conocía. Literalmente habían crecido juntos. El papá de Jared lo trataba más como su hijo que a él. Y la mamá de Manny le había enseñado a usar una toallita y a ponerse loción al salir de la ducha.

Eran familia.

Su celular sonó de nuevo. Ahora era Kyle.

Silenció la llamada y apagó el aparato por completo.

Un "poli fuera de servicio", había dicho SJ. ¿Acaso Justyce no había tenido un mal encuentro con un poli hacía unos meses? ¿Algo relacionado con Melo Taylor borracha que parecía como si Justyce quisiera robarle el coche? En ese entonces, todo el asunto le pareció ridículo: Justyce era el tipo más recto que conocía. Por eso, pensó que sería gracioso que se vistiera de pandillero para su disfraz grupal de Halloween, porque no había nada más lejano de la verdad.

Otra cosa que le había parecido estúpida en su momento: la insistencia de SJ Friedman en que el arresto injusto de Justyce había sido por su raza.

Pero ahora…

"Les dispararon, Jared, en un semáforo…".

Jared se volvió hacia el espejo de su tocador. El ojo morado de su pelea con Manny había pasado a ser de un amarillo putrefacto.

"No sobrevivió…".

Entornó los ojos y le palpitó la cara. No había manera de que eso significara… No era posible. No. Imposible. Justyce McAllister no era su persona favorita, y Manny y Jared no se estaban llevando precisamente bien, pero aun así eran chicos buenos. Excelentes, de hecho.

Jared sabía que, en más de un sentido, eran mejores que él. Lo que significaba que lo que le había dicho SJ no podía ser verdad. Esa clase de cosas no les pasaban a los chicos buenos. No, a menos que hicieran algo malo…

Pero ¿y si no? Las palabras retumbaron en su cabeza como un grito.

Porque lo supo. En cuanto SJ dijo "les dispararon", Jared supo que Justyce y Manny —los únicos chicos negros de su graduación— no habían hecho nada malo.

Lo que significaba…

Jared contempló su propia apariencia: pelo castaño, ojos verdes, piel vagamente bronceada que (todavía) lo calificaba como blanco.

Pero eso no importaba de verdad…

¿O sí?

PRIMER ACTO

¡Democracia ya!

1

Nosotros, el pueblo

Jared Peter Christensen se está cuestionando sus decisiones de vida.

Otra vez.

(Uno pensaría que iba a aprender, tomando en cuenta la cantidad de problemas estúpidos en los que se ha metido al pasar de los años, pero al parecer no puede).

Es verdad que el asunto en el que está metido ahora no es precisamente estúpido. Solo... no lo pensó muy bien. Esa es la realidad que le da una bofetada mientras está en una junta extremadamente aburrida a la que decidió asistir apenas siete minutos antes de que iniciara, lo que implicó dar una carrera hasta el lado opuesto del campus que lo dejó sin aliento y lo hizo llamar la atención cuando entró cuatro minutos tarde.

Lee la diapositiva que aparece en la pantalla detrás de la cabeza de la actual presidenta del CEU, una linda coreano-americana de nombre Ari Park, que habla monótonamente en el estrado:

Consejo Estudiantil Universitario

MISIÓN

Representar de forma certera las voces,
perspectivas y preocupaciones
de todos los estudiantes y, a la vez,
proteger sus derechos y libertades.

Sus ojos derivan hacia la puerta, pero por supuesto que no puede irse temprano después de haber entrado tarde. También se anotó en esa maldita lista, lo que, como diría papá, significa que se comprometió oficialmente. "Tu nombre escrito con tu letra es una declaración de que llevarás el asunto hasta su fin", le dijo Bill Christensen a los dieciséis, cuando lo hizo firmar su primer contrato que lo comprometía a un conjunto de quehaceres a cambio de los fondos que irían a un plan de ahorros para la universidad.

Jared suspira y niega con la cabeza. De verdad que se arrepiente.

¿Cómo acabó ahí dentro?

La diapositiva pasa a un gráfico sobrediseñado que enumera los cambios de política que ha conseguido el Consejo Estudiantil Universitario desde su fundación.

En realidad todo es culpa de su profesora de Derecho Constitucional, la doctora Yeh. Justo antes de despedirse de la clase, anunció que el CEU convocaría a su primera junta para las elecciones de oficial de generación. Y lo miró directamente a los ojos al decirlo.

Jared juraría que lo estaba retando. Sobre todo, porque la mirada llegó tras una discusión en clase sobre el estado actual de la democracia. Una discusión que quizá se haya acalorado un poco hacia el final. Jared de verdad no quería "darle", como había dicho una compañera negra, pero tampoco podía quedarse ahí callado mientras el tipo que se convirtió en su némesis desde el primer día de clases —un imbécil y medio llamado John Preston LePlante IV, que se presentó como un "chico de Florida de sangre azul"— se comportaba como si *él* hubiera escrito la Constitución y pudiera cambiarla a voluntad. El diálogo entero estaba marcado a fuego en su memoria:

John Preston: Ustedes están tan atorados en una supuesta amenaza al derecho al voto que por ver el árbol no ven el bosque. La verdadera amenaza a nuestra república es alejarnos tanto de los valores con los que fue fundado este país que la nación se vuelva irreconocible.

Imani: ¿Y cuáles son esos valores, John Preston?

(Imani Williams es uno de los tres estudiantes negros del salón. Vivir con un compañero de cuarto afroamericano que sobrevivió a un arresto injusto y además a las balas de un policía en su último año de la secundaria hace que a Jared le sea imposible no notar esa clase de cosas).

John Preston: La pregunta demuestra mi punto. Solo una persona que no tenga *ni idea* de lo que significa ser estadounidense preguntaría eso.

Imani: ¿Que te pida que aclares tu afirmación con ejemplos específicos significa que no tengo ni idea de lo que significa ser estadounidense?

John Preston: Yo solo digo que, si lo supieras, no tendrías que preguntar. Como tal, la pregunta no es digna de respuesta.

Jared: [*Oficialmente furioso*]. Socio, decidir que una pregunta perfectamente válida no es digna de respuesta es precisamente lo opuesto a la civilidad y la mente abierta, y ambas fueron valores estadounidenses en algún momento. Sé que estamos hablando de la Constitución, pero si leyeras la Declaración de Independencia verías que el grueso de los problemas de los colonos con el rey se debían a que este tenía una actitud como la tuya.

Imani: [*Chasqueando los dedos*]. ¡Dale, Jared!

En ese momento, su aprobación hizo que el corazón le creciera tres tallas, como al Grinch. Tuvo que aguantarse las ganas de darle las gracias en voz alta, y sabe que se puso muy rojo. Pero entonces la doctora Yeh anunció lo de la junta de interés en las elecciones. Y miró muy detenidamente a

Jared al decir las palabras "presidente del Consejo de Segundo Año".

Jared trató de dejarlo ir. De verdad que sí. Lo sacó fuera de su mente, fue a sus otras dos clases y hasta pasó por la casa de la fraternidad. Pero en cuanto estuvo solo en su apartamento, en lo único en lo que podía pensar era en los ojos de águila de la doctora Yeh.

Una puerta se abre a sus espaldas y Jared resiste las ganas de mirar por encima del hombro mientas Ari pasa a la siguiente diapositiva: otro gráfico sobrediseñado que enumera las OE (organizaciones estudiantiles) con las que trabaja el CEU.

¿Pero qué rayos está haciendo ahí?

La pantalla se oscurece (¡gracias a Dios!) y las luces de la sala se encienden mientras Ari pregunta si hay dudas. Jared se siente tentado a alzar la mano solo para parezca que estaba prestando atención (una vez que se comprometen, los Christensen se entregan a fondo). Pero entonces una chica en la primera fila dispara su brazo al aire con la velocidad de un puñetazo de la UFC, y alguien se desliza en el asiento a la izquierda de Jared.

—¡Hola! —dice la chica, con demasiado entusiasmo—. Soy una estudiante de segundo en ascenso y quiero presentarme para presidenta del Consejo de Segundo. ¿Me preguntaba si podrías darnos un resumen de la historia del CEU y su estructura?

—Bueno, la organización fue fundada en 1972 —comienza Ari con voz resignada—, pero como no nos queda mucho tiempo, nos guardaremos la discusión sobre su estructura para la junta de orientación. Tu asistencia será obligatoria, ya que pretendes presentarte a un puesto de elección.

—Además, esa información está en línea —se oye una respuesta grave y molesta a la izquierda de Jared—. Lo que significa que estas juntas "obligatorias" son innecesarias y podríamos estar haciendo cosas más productivas con nuestro tiempo.

Al oír esa voz —una bolsa de uñas en una licuadora—, Jared siente que el estómago se le va a los pies.

Se gira.

Junto a él está sentada la última persona que querría ver en una junta de información del CEU: John Preston LePlante IV.

Jared suspira. Por supuesto que ese tipo se iba a aparecer ahí. Nunca olvidará su primer encuentro con él. Estaba recorriendo las mesas de las organizaciones estudiantiles —perdón, OE— que habían instalado en el patio durante la semana de orientación cuando alguien lo llamó. Por qué acudió al llamado es algo que aún se pregunta, pero terminó frente a un tipo demasiado arreglado, con un corte militar de cabello llevado en serio.

—Pareces uno de nosotros, amigo —dijo John Preston mientras lo medía—. Considera unirte a nuestras filas, ¿sí? —Y le entregó una tarjeta con un código QR.

Jared no tenía idea de qué pensar. ¿Así se sentía que lo perfilaran?

El encuentro lo dejó inquieto, pero por supuesto que su curiosidad pudo más. El código llevaba a una página encriptada en la que tuvo que completar una prueba de cinco preguntas que luego supo que estaba centrada en la Confederación. (Y sintió mucha vergüenza por haberla resuelto sin ningún problema). En la parte superior de la siguiente página estaba el retrato de John Preston LePlante IV como Fundador y Oficial en Jefe de una colección de estudiantes que se autodenominaban Tradicionalistas del Viñedo. Estudiantes con la misión de "devolver a las Universidades de la Ivy League a su antiguo prestigio por medio de la reclamación y el restablecimiento de sus estándares y tradiciones fundacionales".

A Jared no se le escapó el hecho de que todos los miembros presentados eran similares a John Preston en tono de piel e identidad de género. (Y similares a él también, pero eso trató de ignorarlo).

John Preston le sonríe y se inclina hacia el frente.

—Sabía que eras tú, Christensen —dice—. ¿Planeas presentarte a algún puesto?

Jared de verdad no soporta a ese mierda.

—Supongo que lo sabrías si hubieras llegado a tiempo y te hubieras apuntado.

—¡Veo que estamos animosos hoy! —dice John Preston—. Yo decidí presentarme a presidente del Consejo de Segundo Año.

A Jared se le aprieta la garganta, pero se niega a dejar ver la incomodidad. Sobre todo porque no sabe por qué se siente incómodo: John Preston LePlante IV es un payaso.

—No podría importarme menos, *bro* —contesta.

—Me imaginé que dirías eso —se cruza de brazos John Preston—. Y precisamente por eso decidí presentarme. Nuestra otrora eminente institución se está yendo al garete bajo el liderazgo de gente como ella. —Señala con su mandíbula prominente a Ari—. Pero lo verdaderamente desafortunado es que a los tipos como tú les importa un pepino.

Jared abre la boca para responder, pero en lo que sin duda es un acto de intervención divina, la junta termina. Así que se levanta y agarra su mochila.

—¿Te vas tan pronto? —pregunta John Preston.

—Se acabó la junta, *bro*.

—Ay, ¡pero nuestra conversación apenas empezaba!

Jared no contesta. Solo hace una mueca de fastidio mientras se obliga a subir (tranquilamente) hasta la salida en la cima de la sala escalonada.

En cuanto sale, apura el paso. Esquiva a los demás estudiantes —*¡¿Siempre están tan abarrotados los pasillos de este edificio?!*— y se mueve lo más rápido posible sin parecer idiota. Incluso choca hombros con una chica negra que va en dirección contraria, pero no se detiene. "Lo siento", dice, haciendo su mejor esfuerzo por ignorar su cara de asco. Siente el pecho tenso y tiene que salir de ahí.

Porque Jared sabe que no se puede echar para atrás. Lo sabe con la misma certeza con la que sabe que cualquier cosa que proponga John Preston LePlante IV tendrá como objetivo mantener a gente como él en la cima de la cadena alimenticia.

Y si ese tipo es la única otra opción presidencial de Segundo Año, solo le queda una cosa por hacer.

Tiene que ganar.

2

Verdades evidentes

Jared se detiene en la puerta de su apartamento en el campus y respira hondo. De camino de la junta del CEU se enteró de que Darius "D'Squared" Danielson, el corredor estrella de su universidad, había sido expulsado tras un incidente dos noches atrás, en el que iba manejando borracho y un policía del campus terminó estrellando su bicicleta contra un árbol y dislocándose un hombro.

Todo el asunto lo pone muy incómodo. Él había pasado caminando por ese mismo lugar no más de cinco minutos después de salir de una fiesta en la casa de la fraternidad…, donde había estado bebiendo.

Algo que nunca le contaría a nadie es que su primer pensamiento (ebrio) al ver a Darius esposado fue "Gracias a Dios". Porque eso significaba que los policías estaban demasiado ocupados con él para notar a Jared tambaleándose y con la mirada empañada. No tenía duda de que su nivel de alcohol en sangre estaba por encima del límite legal de 0.08. No, no estaba operando un vehículo motorizado, pero definitivamente no debía estar bebiendo. Además de ser menor de edad, su licencia de conducir estaba suspendida por un lío que había tenido once meses atrás por manejar bajo la influencia del alcohol. Así que no, que lo pescaran borracho no habría dado buena impresión.

La cosa es que, en la versión de D'Squared, el oficial, que venía en sentido opuesto, se estaba metiendo en su carril. Cuando él —que estaba perfectamente lúcido (hasta los demás policías lo admitieron) tocó el claxon para llamar su atención, el oficial reaccionó desproporcionadamente y se salió del camino.

Lo peor de todo es que el alcoholímetro determinó que su nivel era de 0.04, la mitad del límite legal para conducir, pero todavía le faltaba una semana para cumplir veintiuno. Por lo que, según las leyes de Connecticut, de todos modos lo sancionaron.

Así que, aparte de la expulsión, sus sueños de la NFL están fritos.

Jared suspira. Le molesta sobremanera que los policías decidieran aplicarle el alcoholímetro a un estudiante de la Ivy League perfectamente lúcido, pero está tratando de no pensar mucho en eso porque sabe que al entrar a su apartamento, si su compañero Justyce McAllister está en casa y se enteró de la expulsión, estará furioso y quizá no quiera ni voltearse a mirarlo.

Porque D'Squared, al igual que Justyce, es negro. Y Justyce es un chico negro que ha vivido en carne propia cómo las consecuencias pueden variar según el tono de piel.

Jared, desafortunadamente, es evidencia de lo mismo.

Se prepara para lo peor y abre la puerta.

Un *¡Briiiiing! ¡Briiiiing! ¡Briiiiing!* tintinea en la tele de la sala y le saca una sonrisa a pesar de que no tenga ni idea del ánimo de Justyce. No hay sonido más sagrado tras un largo día que el de coleccionar moneditas en *Mario Kart*.

—Ey, tienes que ver esto —dice Justyce sin voltearse a mirarlo. Así que todavía no se ha enterado de lo de D'Squared. Jared exhala. (No va a ser él quien se lo cuente)—. Acaba de caer la última oleada de pistas extras y esta cruza el núcleo de un volcán… —Se le desorbitan los ojos y mueve la cabeza—. ¡Uuuuuf! Hay un montón de cáscaras de plátano, lo cual es inesperado, pero… ¡Ay, no!

Jared fija la mirada en la pantalla y ve al personaje de Justyce —Mario, como siempre— chocar con una de esas cáscaras y girar sin control hasta salir por el borde del camino y caer en el magma burbujeante.

—Las curvas son un poco traicioneras —dice Justyce.

Jared no contesta. Está demasiado embebido en el líquido naranja rojizo, recordando algo que Justyce una vez le dijo: "Te lo juro, *bro*. Ser negro en este mundo se siente como un juego eterno de El Piso es Lava. Un paso en falso y estás muerto".

¿Acaso D'Squared no es la muestra evidente de eso?

La imagen en la pantalla se congela.

—¿Holaaaa? ¿Tierra a Jared? ¿Estás vivo, *bro*?

Jared se sobresalta.

—¿Eh?

—¿Todo bien? Tienes la cara toda pálida. ¿Encontraste otro álbum de fotos incriminatorias en tu casa de fraternidad o qué?

—¿Eh?

—¿No te acuerdas? ¿Al parecer había un álbum de fotos lleno de gente blanca con disfraces indígenas terriblemente ofensivos?

—Ay, Dios —se estremece Jared.

Sí que se acuerda. La fraternidad había organizado una Fiesta por el Día de Colón hacía unos años, y las fotos... Uff. Fue mucho antes de que Jared se uniera, pero aun así. Había visto suficientes historias de vidas destrozadas (empleos perdidos, aceptaciones en la universidad revocadas, socios desmarcándose en público) por tonterías que esa gente había dicho o hecho antes. Y aunque él no esté en ninguna de esas fotos, sabe que ser miembro de esa fraternidad le causaría problemas si llegaran a hacerse públicas.

—Mejor no hablemos más de eso —dice.

Justyce asiente.

—Entendido. Bueno, ven a jugar para que te corra un poco de sangre por la jeta, socio. Tu piel de fantasma me está poniendo nervioso.

Jared deja la mochila en el piso y se sienta en su lugar de costumbre, y Justyce le entrega un control y reinicia el juego. Jared, por supuesto, elige a su personaje de siempre, Luigi, el de la gorra verde.

—Algo que no tenga lava, por favor —le dice a Justyce cuando empieza a recorrer el menú de pistas.

Elige una isla pirata.

Al iniciar la carrera (Luigi se queda atrás muy rápido, lo que lo pone en posición de seguir eternamente a su hermano mayor), Jared se da cuenta de que esa pista tampoco ayuda mucho. En lo único que puede pensar cuando ve cofres del tesoro volando hacia él es cómo la gente que luce como Justyce fue forzada a abordar barcos y a venir al "Nuevo Mundo" a trabajar sin paga para gente que luce como él. ¿Alguna vez los piratas habrán atacado a barcos esclavistas?

Tiene que tranquilizarse.

—¿Entonces? —dice Justyce para interrumpir sus pensamientos.

Jared se siente tentado a repetir "¿Eh?", pero mejor se endereza y esquiva con Luigi un cráneo volador. Trata de concentrarse.

—Fui a una reunión informativa del Consejo Estudiantil Universitario.

—¡Ay, no! ¿Te vas a meter en política, viejo?

—Lo estoy pensando —contesta Jared.

Justyce bufa burlón.

—¿Te anotaste en una lista o algo?

La princesa Peach rebasa a Luigi en su go-kart rosa y tira una cáscara de plátano por encima del hombro. Le da justo en la cara, igual que la pregunta de Justyce. Lo conoce demasiado bien.

—Sí —dice Jared—. Ya me anoté.

—Entonces te vas a meter en política.

Jared suspira.

—Supongo que sí.

—¿Y te arrepientes? Ay, mierda…

Justyce echa el cuerpo a la derecha, imitando a su go-kart, para esquivar el caparazón que le lanzó Bowser. Cuando la megatortuga megalómana se voltea para sonreír triunfante, Jared piensa en lo mucho que ese monstruo de caparazón con picos le recuerda a John Preston LePlante IV.

Contra quicn sabc quc no dcbc pcrdcr…

Pero aun así dice con honestidad:

—*Bro*, no sé qué estaba pensando.

—¿Estabas pensando, Jared?

—¿Tienes que meter el dedo en la llaga?

Una bala gigante y sonriente golpea a Luigi, y su go-kart se pierde en el olvido antes de aparecer de nuevo en la pista en último lugar.

Justyce se ríe.

—No te hagas la víctima, *bro*. Ya te metiste. ¿Ahora qué sigue?

Una excelente pregunta para la que no tiene respuesta. Se da cuenta de lo estúpido que fue meterse en eso. *¿Por qué se anotó en esa lista?*

—Es para presidente del Consejo de Segundo Año —dice—. Lo que, según la página del CEU, implica representar los intereses de la generación de tercero —entorna los ojos—, pero al parecer ¿también al estudiantado en general? La actual presidenta del CEU no dejaba de hablar de creación y aplicación de políticas… —Una luz se le enciende en la mente—. ¿A veces piensas en la Declaración de Independencia?

—GUAU. Tal vez sea hora de tomarte un tecito de ashwaganda y manzanilla, amigo.

—Es en serio —dice Jared—. Estábamos hablando de eso en Derecho Constitucional…

—¿Esa no es la materia que dices que es la cruz de tu vida universitaria?

—Sí, pero eso no importa ahora —continúa Jared—. Hoy mencionamos la Declaración de Independencia, y la parte en la que el gobierno "deriva su justo poder del consentimiento de los gobernados" me pegó duro.

—¿Por…? ¡Ey!

Wario cruza justo delante de Mario y Justyce lo tiene que esquivar.

—Todavía no estoy seguro —admite Jared—, pero me hizo pensar que los líderes electos deberían representar a la gente a la que dirigen, no tomar decisiones por ellos. El compañero idiota del que siempre me quejo hizo uno de sus comentarios estúpidos…

—¿John Presley no sé qué?

Jared ya le había contado de Yerbajo Pútrido LePorc.

—Preston LePlante. Pero sí, ese. Una de nuestras compañeras negras le hizo una pregunta completamente válida y él hizo como si la mera pregunta deslegitimara su ciudadanía estadounidense.

—Vaya, qué jodido.

—Va a ser el otro candidato, por cierto.

Justyce pone pausa y se voltea para mirarlo.

—¿Te estabas guardando eso para el final?

—Perdón —dice Jared—. Pero sí. Yo era el único nombre en esa lista antes de que llegara él, así que es mi único oponente.

—Uf. —Justyce quita la pausa y la carrera continúa—. Ahora definitivamente tienes que hacerlo.

—Y que lo digas. Y la manera en la que se comportó en la reunión informativa…

El teléfono de Justyce suena en el descansabrazos del sofá. Lo mira, frunce el ceño y detiene el juego otra vez para contestar.

A Jared se le hunde el corazón en las tripas y deja de respirar. ¿Acaso Justyce se está enterando de la expulsión de D'Squared ahí frente a él?

—No me jodas —dice Jus.

Genial. Jared cierra los ojos y se prepara para lo peor.

—¿Qué pasó?

Al principio, Justyce no contesta. Y al alargarse el silencio, Jared juraría que se condensa y empieza a cuajar como leche cortada. Respira hondo y se obliga a mirar a los ojos a su amigo, pero no puede porque Justyce tiene la mirada perdida.

—¿Todo bien, amigo? —pregunta Jared.

—No —contesta Jus—. La verdad es que no.

—¿Me... vas a contar por qué?

Después de unos laaaargos segundos más de silencio aterrador, Justyce deja caer los hombros y su barbilla golpea su pecho. La ansiedad de Jared pasa a preocupación.

—¿Justyce?

—Perdón. No encuentro las palabras. —Justyce niega con la cabeza y cierra los ojos—. Sé que no es algo que te afecte a ti, así que vas a pensar que mi reacción no tiene mucho sentido...

—¿Por qué no me dices qué pasa, viejo?

—Sí. —Justyce alza la vista para mirarlo a los ojos—. La Corte Suprema acaba de anular la Acción Afirmativa.

28 de marzo

Querido Manny:

Primero, agarremos al toro por los cuernos: ¿es muy raro que le esté escribiendo una carta a mi mejor amigo muerto? Sí. Rarísimo. Es lo más raro que he hecho en mi vida. Y, como ambos sabemos, he hecho cosas de verdad RARAS. (¿Te acuerdas del experimento de la bomba de hielo seco con detergente? Fue glorioso).

Pero la vida se me está yendo un poco de las manos últimamente, y Justyce —quien dejó claro que "me seguirá queriendo hasta la muerte", pero que "le está costando hacer su vida en esta institución de educación superior de élite siendo un muchacho negro" y, por lo tanto, "le falta la capacidad, el tiempo y el entrenamiento que se necesita para manejar sus sentimientos y además los míos"—, me sugirió que iniciara "un cuaderno de cartas dirigidas a alguien que no me pueda responder", y luego me contó del que le escribió al doctor King en el último año de la secundaria.

¿Se sintió genial que la persona que mejor me conoce en este campus me abandonara emocionalmente cuando más lo necesitaba? Para nada. Pero también sé que no puedo entender lo que <u>él</u> está pasando. Así que aquí estamos. Qué lindo poderme... este... ¿comunicar contigo en el Más Allá?

Antes de entrar en el tema, déjame ponerte al corriente. He cambiado mucho desde que moriste. (Qué raro es escribir eso, aunque hayan pasado casi tres años).

En realidad, lo correcto sería decir que he cambiado PORQUE te moriste. No voy a decir mucho aquí, pero lo que te pasó me espabiló, a falta de un mejor término. Desde que recibí esa llamada en la que me informaron que no habías "sobrevivido", no he podido dejar de notar todas las cosas que ustedes dos y Sarah-Jane (ella y Justyce siguen juntos, por cierto) estaban tratando de hacerme ver en ese entonces. De ninguna forma soy perfecto, pero de verdad que he intentado cambiar mi forma de ser. Hasta me postulé para presidente del Consejo de Segundo Año para asegurarme de estar haciendo mi parte.

Dicho eso, voy al detonante de esta carta. Hace unas noches, el mundo se enteró de que las universidades ya no tienen permitido tomar en cuenta la raza en sus procesos de admisión. Voy a serte brutalmente honesto, y me siento seguro haciéndolo en estas cartas que nadie más va a leer. (¿Quizá por eso Justyce me dijo que las escribiera? Qué interesante...).

En fin, cuando llegó la noticia y Justyce me contó, no me golpeó como a él. El viejo yo no revivió por completo, pero hubo un instante en el que recordé cómo me había sentido al enterarme de que lo habían aceptado a él y me habían diferido a mí. Como estábamos IGUAL de calificados, nadie puede decirme que la Acción Afirmativa no tuvo nada que ver con eso. Así que, al enterarme del fallo de la Corte Suprema, lo primero que sentí fue una oleada de validación.

Y fue incómodo. Sobre todo al recorrer el campus y ver cómo la gente de distintos grupos raciales reaccionaba a la noticia. Era como si todos los estudiantes no blancos trajeran un nubarroncito de tormenta sobre la cabeza.

Luego pasaron dos cosas:

1. En mi clase de Derecho Constitucional, nuestra profesora anunció que para nuestro proyecto final nos pondría en el equipo con alguien de la otra sección "para crear una campaña presidencial en la que las políticas que propongan estén basadas en posturas opuestas a sus creencias personales". Es decir, vamos a tener que colaborar con un desconocido para convencer a nuestra profesora de que creemos lo opuesto a lo que pusimos en la encuesta de Política Personal que nos hizo llenar el primer día de clases. Estoy seguro de que esto no suena TAN grave, pero considerando que SÍ hubo un punto en el que creí todo lo contrario de lo que creo ahora, me asusta abrir la caja de Pandora de esos puntos de vista anticuados, sobre todo con alguien que no conozco.

Y luego:

2. Fui a la segunda junta del proceso electoral y me enteré de que las reglas dicen que no puedes postularte si tienes antecedentes penales de cualquier tipo.

En circunstancias normales, esa prohibición me habría entrado por una oreja y salido por la otra, como decía tu papá cuando no lo escuchábamos activamente (¡qué tiempos!). A fin de cuentas, yo no tengo antecedentes penales.

Solo que sí debería tenerlos, ahí está el detalle. El año pasado me arrestaron por conducir bajo los efectos del alcohol. La única razón por la que eso NO entró en mi historial fue que mi papá llamó a sus abogados.

Sé que PARECE que lo "correcto" sería retirar mi intención de postularme. De hecho, si la gente se entera de que me agarraron manejando ebrio, pero de todos modos y por un tecnicismo puedo presentarme como candidato, mientras que al corredor estrella de la escuela, que es un chico negro, lo EXPULSARON (también por un tecnicismo) por manejar bajo la influencia a pesar de haber pasado el alcoholímetro... Sí, no acabaría muy bien parado que digamos.

Sin embargo, si me retiro de la campaña, mi único oponente —que es todo un caso, te aviso— se convertirá automáticamente en presidente del CSA. Y como a él le encantaría enviar al campus de vuelta a principios del siglo XIX, regalarle las elecciones se siente genuinamente irresponsable.

Por ejemplo: el idiota entró a la segunda junta tarde y con la actitud de quien se cree con derecho a todo. Venía de su práctica de béisbol y apestaba a jugo de suspensor de una semana y a campo (me encantaba que tu mamá dijera eso). Llegó la hora de las preguntas y el cabrón se LEVANTÓ y dijo: "Como claramente no lo va a mencionar la actual administración de esta supuesta 'organización estudiantil', yo tendré el valor de señalar que el fin de la Acción Afirmativa implicará cambios bastante grandes por aquí".

La presi lo interrumpió para recordarle que "a menos de que haya una relevancia directa para ESTA organización, no se requiere discutir ningún otro tema", pero, por supuesto, a Jodón

Prángana LePiérdete Cabrón (alias John Preston LePlante IV) eso no le gustó mucho. Su comentario no es digno de que lo apunte, pero digamos que tiene una manera muy particular de desdeñar a cualquiera que no concuerde con él, con una condescendencia tan densa que se siente en la piel. El imbécil casi empieza una pelea.

¿Y se supone que lo deje ganar? ¿A él?

Es todo un dilema. Y no tengo mucho tiempo para pensarlo: la postulación para las candidaturas cierra mañana a medianoche.

Es solo que... ¿cómo hago "lo correcto" si AMBAS opciones podrían considerarse correctas? Todo depende del cristal con que se mire, ¿no?

Debo irme porque tengo en la casa una junta de mi fraternidad (de la que medio detesto ser miembro, pero eso podemos dejarlo para otra carta). Me reporto pronto, supongo.

Se sintió raro escribir eso, pero ya está.

Sinceramente,
Jared

P. D.: Hablando de cosas que se siente raro escribir: te extraño, amigo. Mucho. Ojalá estuvieras aquí.

3

Divididos caeremos

11:52 p. m. Esa es la hora a la que Jared sube al sistema sus papeles para la candidatura.

(Porque por supuesto que mantuvo su compromiso. ¿Cómo podría echarse para atrás?).

Alistar todo fue duro. Jared, Justyce y Amir Tsarfati —su compañero de cuarto marroquí-americano del primer año, que aceptó ser su gestor de campaña— pasaron horas trabajando y retrabajando su declaración de candidatura. Jared sonrió al leer el eslogan que se les ocurrió (¡Siempre adelante!) y hasta sintió un poco de orgullo al presionar el botón de enviar en el portal de registro de candidaturas.

Sin embargo, ese sentimiento no duró, porque la página de confirmación incluía un enlace y, al abrirlo, apareció la lista de los que se habían registrado para presidente del Consejo de Segundo Año.

Eran tres.

Jared Christensen
John Preston LePlante IV
Dylan M. Coleman

¿Quién rayos es Dylan M. Coleman?

Jared toma su teléfono y hace una búsqueda rápida en la primera aplicación de redes sociales que se le ocurre, pero hay demasiadas cuentas bajo el nombre de "Dylan Coleman" como para encontrar la correcta. Le cosquillean los dedos al mirar la barra de búsqueda del navegador. Cualquier persona normal simplemente buscaría el nombre en internet. Pero él… no se atreve. Todavía le afecta el incidente mediático del último año de la secundaria, cuando tildaron a Manny y a Justyce de amenazas a la sociedad que prácticamente habían tenido su merecido cuando les disparó un policía fuera de servicio. Durante meses, cualquiera que buscara sus nombres encontraba una sarta de mentiras.

Desde entonces, Jared no ha podido buscar a ninguna persona que no sea famosa. Así que la pregunta le da vueltas en la cabeza toda la noche.

De una cosa sí está seguro: no vio el nombre Dylan M. Coleman en las hojas de inscripción en ninguna de las dos juntas de candidatura obligatorias del CEU. ¿Será posible que haya entrado luego de que se sentara Jared, como hacía siempre Jiggly Puffton LeParia? Sí.

Pero aun así a Jared P. Christensen no le gusta esa bola curva. No le gusta para nada.

Al llegar a Derecho Constitucional —que está organizado al estilo de seminario con los pies en la tierra, es decir, con pufs acomodados en círculo—, John Preston ya está ahí, reclinado en su puf preferido, con las manos detrás de la cabeza y los ojos cerrados como si no tuviera una preocupación en el mundo. Jared siente una oleada de ira que sabe que es irracional —¿cómo rayos está tan calmado?—, pero que lo impulsa hacia el frente. Deja caer su mochila en el piso con un golpe seco y se tira en el puf a la derecha de John Preston con la fuerza de un elefante exasperado.

El tipo ni siquiera reacciona.

Jared pone cara de fastidio.

—Oye, LePlante…

—Shhh —contesta—. Estoy meditando.

—Ay, cállate. ¿Ya viste que hay un tercer candidato para la presidencia?

—Sí.

Sigue sin moverse ni abrir los ojos. Le pone los pelos de punta.

—Bueno, ¿sabes algo de él? No creo haberlo visto en ninguna junta…

—Suenas muy preocupado, Christensen.

—No estoy preocupado. Es solo que…

Pero sí está preocupado. Tanto que no se percata de que el salón ya se llenó y la doctora Yeh se está instalando en su propio puf. Al tomar lo que ella llama una *respiración estabilizante*, donde todo el mundo inhala, aguanta y exhala colectivamente ("Esta clase es rarísima", piensa Jared, aunque debería estar "despejando su mente"), Jared siente lo rápido que late su corazón. Sus ojos vuelan hacia la puerta cerrada del salón y requiere de toda su voluntad para no salir corriendo.

No está de humor para una de las discusiones donde la doctora Yeh te hace cuestionarte todo. Pero bueno.

Dra. Phoebe Yeh: [*54 años, chinoamericana, presidenta del departamento de Ciencias Políticas*]. Oigan, oigan…

Todos: ¡Sí, sí!

Dra. Yeh: Fantástico. Se ha dicho que la Constitución de los Estados Unidos es un documento vivo. ¿Puede decirme alguien qué significa eso?

Todos: […]

Dra. Yeh: [*Sonríe*]. Veo que hoy necesitamos un empujoncito. Bueno, pues señor Hardison, ¿qué opina?

Dionte Hardison: [*19 años, afroamericano, receptor estrella y auténtico genio*]. Para mí, significa que el documento no es estático. Tiene que ser reinterpretado con el paso del tiempo conforme van cambiando el lenguaje y los estándares.

Amir Tsarfati: [*20 años, marroquí-americano, gestor de campaña de Jared*]. Dionte nunca falla.

Dra. Yeh: Correcto. Por eso lo escogí a él.

Todos: [*Se ríen*].

Dra. Yeh: Ahora le toca a usted, señor Tsarfati. ¿A quién le corresponde reinterpretar la Constitución para moldear la legislación con el paso del tiempo?

Amir: A la Corte Suprema de los Estados Unidos.

Dra. Yeh: ¿Y cómo se lleva a cabo esa reinterpretación continua?

Amir: Por medio de casos que se han fallado en tribunales menores, pero que recibieron apelaciones. Va a tener que golpear más duro, Doc.

Dra. Yeh: [*Sonríe*]. Acepto el reto, jovencito.

Ainsley Cruz: [*19 años, cubanoamericana/blanca birracial, exnovia de Jared*]. ¡Uuu, esto se va a poner bueno!

Jared: [*Hace una mueca de exasperación*].

Dra. Yeh: ¿Cómo se forma la Corte Suprema de los Estados Unidos, señor Tsarfati?

Amir: Bueno, ha sido un puesto vitalicio desde su fundación…

Imani Williams: [*20 años, afroamericana, estudiante de tercera generación*]. A menos que se proponga la destitución de un juez…

John Preston: Lo que solo ha sucedido una vez, y lo exculparon.

Dra. Yeh: Todo correcto. Continúe, por favor, señor Tsarfati.

Amir: Bueno, cuando un juez en funciones muere o se jubila y hay una vacante, el presidente en funciones nomina a alguien, y el Senado vota para confirmar la designación por mayoría simple.

Dra. Yeh: ¿Lo que significa...?

Amir: Que siempre y cuando más senadores voten a favor de la confirmación que en contra, el nominado se convierte en el nuevo juez.

Dra. Yeh: ¿Y qué papel juega el público en general en todo esto?

Amir: [*Su sonrisa orgullosa se desvanece*]. Ehh...

Dra. Yeh: ¿Cómo dicen ustedes, chicos? *¿Caíste?*

Todos: [*Se ríen*].

Dra. Yeh: ¿Señor Christensen?

Jared: [*Sobresaltado*]. ¿Eh?

John Preston: [*Bufa burlón*].

Dra. Yeh: Me parece que usted sabe la respuesta a mi pregunta. Tomando en cuenta el proceso de selección y confirmación de jueces de la Corte Suprema, ¿qué papel juega el público en general en la manera en la que la Constitución de los Estados Unidos es reinterpretada de forma continua para crear nuevas leyes?

Jared: [...]

Todos: [...]

Jared: Pues…

John Preston: [*Inmiscuyéndose como de costumbre*]. El papel de…

Dra. Yeh: Estaba hablando con el señor Christensen, señor LePlante.

Imani: ¡Uy!

Jared: [*Se sienta más derecho*]. Como decía, el público en general elige al presidente…

John Preston: Por medio del colegio electoral…

Ainsley: De verdad deberías dejar de interrumpirlo, JP. Hace que parezcas desesperado.

Imani: ¡Doble uy!

Todos: [*Se ríen*].

Dra. Yeh: Respiración estabilizante, por favor.

Todos: [*Respiran*].

Dra. Yeh: ¿Decía, señor Christensen?

Jared: Tanto la persona que nomina al nuevo juez como las personas que votan para confirmarlo son elegidas por el público en general. El presidente es por medio del colegio electoral, sí; pero los senadores son electos por voto popular.

Dra. Yeh: [*Sonríe*].

Amir: Lo que demuestra lo importante que es elegir bien a nuestros representantes. ¡Jared Christensen para presidente del CSA!

Jared: [*Choca la palma contra la frente*].

Dra. Yeh: [*Sin decirlo en serio y aún sonriendo*]. Basta, señor Tsarfati.

Amir le dedica a Jared un guiño y dedos de pistola, y aunque él niega con la cabeza, no puede evitar sonreír también. Es un descanso agradable de la tormenta que tiene en la cabeza, y no tenía idea de lo bien que se sentiría recibir la aprobación silenciosa de la doctora Yeh, aunque su clase le dé jaqueca.

Al terminar la clase, se siente bastante más ligero y consigue mantenerse tranquilo cuando la doctora Yeh les recuerda su gran proyecto.

—Los compañeros que les fueron asignados están en la lista allá afuera —dice ella después de despedirse—. Les sugiero que se conozcan lo antes posible.

Mientras salen, Ainsley se le acerca para decirle lo listo que cree que es y que tiene su voto (una locura, tomando en cuenta que la botó el semestre pasado), y Dionte Hardison, quien Jared cree que es más *cool* que el trasero de un oso polar, alza la barbilla y sonríe, lo que… ¿es una forma de aprobación? Sí, ¿no?

Se siente bien…

Pero, al igual que la noche anterior, no dura. Porque al ver la lista de compañeros y ver con quién le tocó, su buen humor azota el suelo con la fuerza del meteorito que mató a los dinosaurios.

Ahí, junto a Jared Christensen, están las palabras *Dylan M. Coleman*.

Se asoma al salón.

La doctora Yeh le sigue sonriendo.

4

Una unión más perfecta

Este es el correo electrónico que aterrizó en la cuenta escolar de Jared a eso de las 8:30 de esa misma noche.

> Hola, Jared:
>
> Soy Dylan Coleman, tu pareja asignada para el proyecto final de Derecho Constitucional. Como la tarea parece bastante demandante por lo que se ve en la descripción del proyecto y la rúbrica que envió la doctora Yeh, y como estoy seguro de que ambos tenemos otras obligaciones compitiendo por nuestro tiempo y atención, espero que aceptes empezar de inmediato.

Yo estoy disponible mañana a las 2 p. m., y podemos vernos en el café Common Grounds. ¿Lo conoces, supongo? Está justo al sur del campus, en el Centro Histórico. Sugiero que pasemos una hora discutiendo nuestras inclinaciones políticas, buscando puntos en común y determinando nuestras metas comunes para poder decidir la mejor dirección que podríamos tomar en este proyecto y la manera más eficiente y efectiva de conseguir nuestros objetivos.

Espero tu respuesta y será un placer conocerte.

Saludos,

Dylan M. Coleman

Jared lo leyó tres veces y su incomodidad aumentó con cada relectura. Era muy formal, sí, pero sabía que cualquier profesor lo consideraría bien escrito. (Eso le molestaba). También sabía que el hecho de que lo hubieran emparejado con ese tipo sugería que sus inclinaciones políticas eran similares, lo que lo ponía aún más nervioso sobre las elecciones.

Pero, hablando de elecciones, Jared no sabía qué inferir del hecho de que Dylan no las hubiera mencionado en absoluto. ¿Acaso no sabía que lo habían juntado con su oponente político? ¿O era alguna clase de truco?

Esa última posibilidad rebota por su mente mientras se acerca al café Common Grounds la tarde siguiente. Su celular vibra en su bolsillo y lo saca. Amir le avisa que su equipo de campaña tiene oficialmente 27 miembros. Es decir, 3 menos del máximo permitido.

Sonríe. "Toma eso, Dylan M. Coleman".

Entra a las 2:01 p. m. y mira a su alrededor, con la tonta esperanza de que Dylan lo reconozca. El lugar está lleno.

Luego de unos minutos sin que nadie le haga señas, Jared se acerca al mostrador para ordenar algo —lo que sea con tal de no seguir ahí parado con cara de perdido— y decide usar el número incluido en el último correo. Teclea un mensajito:

> Ya llegué. Voy a pedir un sándwich y algo de tomar. ¿Quieres algo?

Espera un poco la respuesta, pero no le llega ninguna, así que se mete el celular de vuelta al bolsillo. La posibilidad de que lo estén engañando surge en su cabeza, y Jared aprieta y suelta la mandíbula mientras recorre el lugar con la mirada de nuevo.

Ve a una pareja lanzándose miraditas cursis mientras dan sorbitos a unas bebidas que sospecha que tienen arte *latte* a juego. (Asqueroso). Un trío de chicas de una sororidad parece estar discutiendo por algo que ven en sus computadoras. (Típico). Y también hay un par de cerebritos en una mesa compartida que están tan concentrados en sus pantallas y tecleando con tal ferocidad que no le sorprendería enterarse de que están en una competencia de programación.

Sin embargo, la mayoría de las mesas tiene un solo ocupante con una *laptop* o un libro de texto abiertos. Hay varias chicas de pelo castaño con ropa deportiva y moños desarreglados, una estudiante de medicina por aquí y uno de filosofía por allá. Y en la mesa en la que normalmente se sentaría Jared, metida en un rincón desde el que se puede mirar a la gente, hay una linda chica negra, una de las únicas dos personas negras en todo el café. (Qué belleza es Connecticut).

La única persona a la que reconoce es a un tipo de Biología 101, y cuando lo ve subirse los lentes y rascarse la nariz le da un escalofrío.

Jared revisa su teléfono otra vez antes de acercarse al mostrador. Aún no hay noticias de su compañero de proyecto.

—¡Uuu, qué guapo! —dice la barista.

Jared no logra reunir fuerzas para devolverle el coqueteo, aunque también sea guapa… Tiene piel morena clara, ojos oscuros, pelo negro largo y lacio. Claramente lo ha influido SJ Friedman. Hubo una época en la que ni siquiera se habría dado cuenta de que tiene un tono de piel distinto al suyo, mucho menos otros rasgos que la "clasifican" como del sureste asiático.

—Guau, claramente estoy tocando la puerta equivocada —dice la barista al no recibir respuesta. Jared abre la boca para decir algo, pero se da cuenta de que es inútil. Ya ni siquiera lo está mirando—. ¿Qué se te ofrece?

—Un cruasán de salchicha, huevo y queso, y un té de menta mediano con jarabe de agav...

—¡Christensen! ¿Eres tú, *bro*?

Jared se vuelve y un suspiro de alivio sale de sus pulmones. Se le está acercando un cuarteto de chicos blancos con los que juega básquet intramuros y que le caen genuinamente bien. Pat Neuman, de la zona metropolitana de Atlanta (Jared le reclamó que dijera que era de Atlanta cuando había crecido en el suburbio de Peachtree Corners); Robbie y Roger Range, unos mellizos de Baton Rouge; y Aaron Karo, un judío de California y el único de los cinco que realmente juega para la universidad.

—¡HERMANO! —dice Robbie mientras lo envuelve en un abrazo de oso. A los mellizos Range les encantan los abrazos.

El tipo mide 6 pies 3 pulgadas y tiene 220 libras de puro músculo. Jared gime:

—Qué bueno verte también, Rob.

—Oye, ¿cuándo vamos a empezar con la campaña, amigo? —pregunta Aaron.

—¿Con la campaña? —pregunta Pat—. ¿Qué campaña?

—¡Nuestro compadre es candidato presidencial! —contesta Robbie—. ¿No sabías?

Entonces, Jared se da cuenta.

—Esperen, ¿ustedes están en mi equipo de campaña?

—¿Que si estamos en tu equipo de campaña? —repite Aaron—. ¿De verdad, socio? ¿Qué pregunta es esa? ¡Por supuesto que estamos en tu equipo de campaña! —Es tan apasionado este hombre.

—Yo no estoy en el equipo de campaña —se indigna Pat—. ¿Cómo es que estos imbéciles están en el equipo de campaña y yo no? ¿Así vas a tratar a tu amigo, Christensen?

Jared alza las manos.

—Oye, oye, yo ni sabía que estaban en el equipo de campaña. —Se voltea hacia Roger, el más sensato del grupo—. ¿Los reclutó Amir?

—Sí —dice Roger—. Estamos ansiosos por ayudarlo a conseguir la victoria, señor presidente.

Roger le pasa un brazo por encima de los hombros y lo hala para darle un apretón que dice "Yo creo en ti". (¿Ven? Les encantan los abrazos).

—¿Cuándo nos cuentas más de tu plataforma? —pregunta Aaron.

—No, amigo —lo detiene Pat con una mano en alto—. No podemos entrar en esos detalles todavía. Me gustaría estar en el equipo de campaña, por favor y gracias. ¿A quién tengo que contactar?

Jared sonríe. El respaldo abierto y sin reticencias de chicos que se parecen a él se siente bien, sobre todo porque sabe que tienen una mentalidad similar a la suya. Pat es uno de esos estudiantes que no puede resistirse a ir a la escuela todo el año, y Jared sabe que pasa sus semestres de verano en Morehouse, una universidad históricamente negra en Atlanta. Roger y Robbie están forrados de dinero, pero sus padres los enviaron a escuelas racialmente diversas desde el kínder hasta el final de la secundaria. Y luego está Aaron, que básicamente es la versión basquetbolera de SJ Friedman. Es judío y estudia derecho con especialización en derechos civiles, igual que Jared. De hecho, él fue el que le dijo que los derechos civiles son los derechos de los ciudadanos.

—Me sentiré honrado de tenerte entre nosotros, Pat —dice Jared—. Te pongo en contacto con Amir. Mi junta de candidatura es en un par de días, y nos reuniremos después de eso para revisar toda la información, antes de que inicien las campañas la semana siguiente.

Pat asiente:

—Palabra.

La orden de Jared llega, y encuentra una mesa para sentarse.

Los demás no tardan en unírsele.

—Uf, llegaron justo a tiempo —dice mientras muerde su cruasán.

—¿Ah, sí? —contesta Roger—. ¿Qué pasa?

Jared suspira.

—¿Alguno de ustedes está tomando Derecho Constitucional con la doctora Yeh?

Todos niegan con la cabeza.

—Pues agradézcanlo. Es una profesora genial, pero nos asignó un proyecto final titánico, y ella escogió a nuestros compañeros. Se suponía que iba a ver al mío aquí… —revisa su reloj— hace dieciséis minutos. *Él* escogió la hora, pero el maldito me dejó plantado.

—Rayos —dice Roger—. Lo siento, *bro*.

Jared hace una mueca de furia, totalmente hundido en sus sentimientos.

—La cosa se pone peor. Al parecer, este tipo también quiere la presidencia. Así que no solo no es de fiar, lo que no pinta nada bien para mi carga de trabajo en un proyecto de pareja que vale el 25 % de mi calificación, sino que además tengo que trabajar como si nada con mi oponente político. Estoy bastante seguro de que la profesora me puso un cuatro…

—Disculpen… —lo corta una voz sedosa.

Jared alza la mirada y deja de respirar. Ahí parada está la chica negra que estaba ocupando su usual mesa del rincón. De cerca, y con la mente solo concentrada en ella por lo desprevenido que lo agarró, Jared no puede evitar notar lo guapa que es. Con su visión periférica logra ver su cuerpo y… sí.

Nunca lo diría en voz alta —ningún blanquito cuerdo quiere que lo acusen de creer que todos los negros se parecen—, pero le recuerda un poco a Liberty Ayers, una chica…, bueno, una mujer en realidad que conoció el año anterior mientras trabajaba con Justyce para ayudar al primo de Manny con unos asuntos legales. Esta chica tiene la piel de un color café profundo y muy refulgente y un pequeño aro en la nariz, igual que Liberty.

La principal diferencia es su cabello. Mientras que Liberty tenía rastas (Jared nunca olvidará la vez que le dijo que le gustaban sus *dreadlocks* y recibió una mirada letal que penetró hasta su alma mientras le contestaba: "Nunca vuelvas a usar la palabra *dread* para describir un cabello como el mío"), esta chica tiene un pelo negro, sedoso y lacio que le cae hasta la cintura.

—Es una peluca —dice ella.

—¿Eh? —Porque ¿qué otra cosa podría contestar a eso?

—Te quedaste mirando mi cabello. Es una peluca.

—Ah…, ok…

Jared desvía los ojos y se vuelve para mirar a sus amigos. Todos la están mirando. Robbie y Pat están boquiabiertos.

La chica niega con la cabeza y se cruza de brazos.

—Apuesto a que ni te acuerdas de mí.

El pánico le inunda el pecho porque tiene razón: no la recuerda.

—Tú eres el que casi me tumba en el edificio de Ciencias Políticas la semana pasada —dice ella—. Perdón… —agrega con gesto de exasperación e imitando lo que Jared cree que es su voz.

Entonces, el recuerdo de salir corriendo de esa primera junta del CEU le patea a Jared el cerebro. Se inunda de vergüenza.

—Tú no tienes por qué saberlo, pero se me cayeron todos mis libros.

Jared recorre con la mirada a todos sus amigos. Siguen mirándola.

—Este… ¿lo siento? —es lo único que se le ocurre.

—Eres Jared Christensen, ¿no?

Ay, no. ¿Ella sabe cómo se llama?

—¿Sí?

La chica sonríe burlona:

—¿Me lo estás preguntando o me lo estás diciendo?

—¿Eh?

—No suenas muy seguro de ser quien eres.

Jared no responde nada. (No puede).

La chica lo barre con la mirada de una forma que lo sonroja aún más.

—En realidad eres medio guapo —dice—, lo cual es molesto. En fin…

La chica le ofrece la mano. Antes de que Jared pueda registrar el movimiento, siente su palma cálida contra la suya, toda sudorosa. Su fragancia lo asfixia.

—Dylan Marie Coleman —dice estrechando bien su mano—. Es un placer conocerlo, señor Christensen.

5

Unidos venceremos

El plan de Jared es sencillo: llevar a Amir a rastras a la junta de candidaturas y usarlo de escudo. A fin de cuentas, Amir es su gestor de campaña, y Jared peinó las normas electorales del CEU en busca de alguna regla que prohibiera que un candidato llevara un acompañante a una junta. No encontró ninguna.

¿Es arriesgado? Quizá. Pero uno: Dylan, sin ninguna explicación, canceló la tercera reunión del proyecto que se suponía que tendrían el día anterior. Y Jared no ha vuelto a hablar con ella, así que no tiene idea de cómo va a estar cuando la vea. Y dos: la idea de estar en el mismo espacio con Dylan M. Coleman, su oponente política, a quien siente que aún no conoce a pesar de haber tenido ya dos reuniones con su *alter ego*, su pareja de proyecto Dylan Marie Coleman, sin apoyo moral… Ni siquiera se atrevía a pensarlo.

¿Es raro que ninguno de los dos haya mencionado las elecciones en sus conversaciones? Por supuesto. Pero ella no ha tocado el tema, así que él tampoco. Sin embargo, está claro que no podrán ignorarlo esa noche. Él y Amir hasta llegan quince minutos antes para sentarse cerca del frente. Jared tiene que dejar claro que va en serio.

Lo que no esperaba era que Dylan entrara flotando como pétalo de rosa atrapado en una suave brisa. Tampoco que instalara su glorioso ser en el otro asiento vacío junto a él. (Cuando lo recuerde más tarde, se percatará de lo John Preston LePlante que fue esa jugada).

Una linda chica asiática se sienta al otro lado de Dylan, y antes de que Jared pueda abrir la boca para hablar, se inclina para ofrecerle la mano.

—Tú debes ser Jared —dice—. Avis Johnson. Se escribe como la empresa que renta coches, pero suena como "Travis". Soy la gestora de campaña de Dyl. Un placer conocerte.

—Ah. —Jared envuelve su manita con la suya—. Sí, yo soy Jared…

—Y yo soy Amir —dice Amir mientras quita el brazo de Jared para tomar la mano de Avis—. Amir Tsarfati. El gestor de su campaña. Diría que es un placer conocerla, señorita ¿Johnson, dijo? Pero todavía no estoy seguro.

—Socio —dice Jared cubriéndose la cara.

Dylan bufa burlona, pero no dice nada.

—¿Trajiste un séquito, Christensen? —llega desde atrás una voz que le pone la piel de gallina—. ¿Quién te crees que eres, P. Diddy?

—Guau, alguien claramente no oye hiphop de verdad ni está al tanto de las noticias —dice Dylan—. Esa referencia es tan noventera y problemática que espanta.

—Les presento a John Preston LePlant IV —dice Jared sin virarse.

—Ay, ya sé quién es. —Dyl se gira para dirigirse directamente a su oponente—. Tu reputación de arrogancia inmerecida te precede —dice—. ¿De verdad ha habido cuatro como tú? Dios nos libre.

—¿Disculpa? —contesta John Preston.

—Ojalá pudiera, créeme.

—Guau, esta no se anda con rodeos —le susurra Amir a Jared.

—¿Y tú quién eres? —le dice John Preston a Dylan.

—Ay, yo soy tu peor pesadilla, cariño —contesta—. Pero siéntate, ¿no? Ya va a empezar la junta.

Jared trata de concentrarse. De verdad que sí. Sobre todo luego de oír a "Dyl" masticar y escupir a John Preston como si fuera un puñado de Flavor Blasted Goldfish. Pero hay algo más que no se le había ocurrido: lo tranquilizante que le resultaría su presencia. No lo puede expresar en palabras porque nunca había sentido algo así, pero esa junta resulta ser la hora en que más relajado se ha sentido desde que mataron a su mejor amigo dos años atrás.

Es desconcertante esta especie de hechicería, pero se siente tan bien no estar todo tenso que no se puede resistir. Su único momento de aprensión llega durante las preguntas, y por supuesto que lo detona Llorón Pimpón LePopó Culiao.

John Preston: Gracias por esa esclarecedora presentación, señorita Park, ¿verdad?

Ari: Al ser la tercera junta que presido, esperaría que ya te supieras mi nombre.

John Preston: Me parece justo. Mencionaste "DEI". ¿Puedes explicar a qué te refieres con eso?

Ari: Diversidad, equidad e inclusión. Son conceptos priorizados por esta organización.

John Preston: Ah, ya veo. Pensé que eran las siglas de "Dádivas Extremadamente Inmerecidas".

Ari: ¿Disculpa?

Jared siente a Dylan levantarse junto a él y se le acelera el pulso.

Dylan: Mis más sinceras disculpas por interrumpir, señorita presidenta. Pero me gustaría decir algo, si me lo permite.

Ari: Por supuesto.

Dylan: Gracias. Aunque supongo que el comentario anterior fue un intento de broma de mal gusto, como estudiante afroamericana me gustaría expresar mi aprecio por la priorización que ha hecho el CEU de la diversidad, la equidad y la inclusión. También me gustaría señalar que adquirir riquezas por medio del cultivo de tierras robadas a los pueblos indígenas, usando mano de obra negra esclavizada, mientras se reprime el progreso político y económico de las mujeres, se prohíbe y penaliza la inmigración de personas asiáticas y se estigmatiza la sola existencia de personas latinas, y aferrarse a esa riqueza por medio de nepotismo intergeneracional, acoso legislativo y explotación de personas empobrecidas…, *ese* es el epítome de "dádivas extremadamente inmerecidas", como dijo tan elocuentemente mi oponente. Gracias.

Ari: (*sin lograr ocultar su sonrisa*) Se cierra la sesión.

Para completa sorpresa de Jared, John Preston no dice una palabra. Solo agarra su mochila y sale dando zancadas. Y a pesar de que no haya sido su victoria, Jared nunca se ha sentido tan satisfecho.

Los cuatro salen de la sala en fila. Primero Avis, luego Dylan, detrás Jared y al final Amir. En cuanto están en el corredor, Dylan se gira para ver a Jared y él trastabilla hacia atrás para evitar chocar con ella, lo que hace que Amir choque con él.

—¡Oye! dice Jared.

—¿Quieres botar a estos Minions e ir a trabajar en el proyecto? —pregunta Dylan.

—Este, ¿disculpa? —dice Avis.

—Sí —añade Amir—. Eso fue un golpe bajo. Además, al menos ten la decencia de darme la mano e intercambiar naderías antes de insultar…

—Es decir, ayer medio que me ignoraste —dice Jared, sorprendido por su propia audacia—. Definitivamente estamos retrasados. Yo diría que nos debes a mí y a tu calificación la cortesía.

Jared y Dylan cruzan una mirada intensa (¿y quizá un poco competitiva?) y, por unos instantes, es como si todo lo demás hubiera dejado de existir. Jared odia admitirlo, pero entiende la pregunta de John Preston: ¿Quién es esa chica? (¿Esa joven? ¿Mujer? ¿Pero qué le pasa?).

—Supongo que esa es la señal de que nos vamos —dice Avis, lo que hace trizas el momento y devuelve a Jared de golpe a la realidad. ¿Por qué rayos está coqueteando con su oponente?

—Tú lo dijiste, no yo —le dice Dylan a Avis sin dejar de mirar a Jared.

Avis:

—Asqueroso.

Amir:

—E indignante.

Avis:

—Digo, cómo se atre…

—¿Al centro de estudiantes? —le pregunta Dylan a Jared, interrumpiendo a Avis.

—Las damas primero. —Su respuesta lo avergüenza, pero ella empieza a caminar, así que la sigue.

—¡Pues de nada a ambos por nuestro apoyo! —oye decir a Amir mientras se van.

6

Las bendiciones de la libertad

Cuando Jared y Dylan llegan al centro de estudiantes —tras una electrizante caminata de cinco minutos a través del campus en la que sus manos no dejan de rozarse— está abarrotado.

Y al parecer a Dylan Marie Coleman no le gustan las muchedumbres.

—¿Habrá otro lugar al que podamos ir? —pregunta mientras se vuelve hacia él—. ¿Con menos gente? Perdón, todavía no conozco muy bien este campus.

Eso atrapa la atención de Jared.

—¿Eh?

—Me acaban de transferir —contesta—. Llegué a inicio del semestre.

Las preguntas empiezan a pasar por la cabeza de Jared como el inicio de una película de Star Wars: "¿De dónde? ¿Por qué a mitad de año? ¿Los estudiantes transferidos tienen permitido ser candidatos? ¿Conoce lo suficiente esta escuela para ser candidata? ¿De verdad le gusta estar aquí?", pero la cara que pone ella le deja claro que no es momento de preguntarle nada.

Así es como terminan en un lugar que nunca habría esperado: en la puerta de su apartamento.

Todo lo que sigue se siente como una escena de un *reality* de citas.

INTERIOR: Pasillo afuera de la puerta de la mansión McAlliChristensen

Tras llegar a su destino, Dylan se gira para mirar a Jared a los ojos.

DYLAN

¿Te estás tratando de acostar conmigo, Christensen?

JARED

¿Qué? ¡No! Claro que no.

Dylan entorna los ojos.

DYLAN

¿Me lo juras? Te gugleé hasta el cansancio y vi algunas cosas impresionantes, pero tampoco te conozco bien, y de verdad no quiero tener que partirte el trasero.

Dylan lo barre con la mirada. Jared, resistiendo el impulso de preguntarle qué fue lo que leyó de él, alza una mano y se lleva la otra al corazón.

JARED

Lo juro por mi honor.

Dylan se hace a un lado y Jared abre la puerta. Entran, y Dylan asimila el espacio mientras se dirigen a la sala. Una vez en el sofá, deja su mochila en el suelo, se sientan y van directo al grano.

DYLAN

Ok, ¿en dónde nos quedamos en nuestra última reu...? Dios mío, este sofá te atrapa en la comodidad. ¿Cómo te atreves a traerme aquí?

JARED

(riéndose)

Perdón, debí haberte advertido. Mi mamá lo escogió. Ella tiene eso de que la sala debe ser "el lugar más acogedor de un hogar". No me preguntaste nada de eso, pero bueno.

DYLAN

(encogiéndose de hombros)

Es un lindo vistazo a la vida de mi compañero. Gracias por compartirlo conmigo.

Cruzan una mirada intensa, pero Dylan la rompe rápido. Aplaude y saca cuaderno y pluma de su mochila.

DYLAN

En fin, hagamos el proyecto, ¿sí? ¿Qué fue de lo último de lo que hablamos?

JARED

(apresurándose a sacar y abrir su laptop*)*

Este… Parece que estábamos tratando de averiguar si hay algún área en la que estemos políticamente en desacuerdo.

DYLAN

Ah, sí. Y en aborto, relaciones raciales, diversidad e iniciativas de equidad, política de educación pública y condonación de la deuda estudiantil estamos completamente de acuerdo.

JARED

(*sonrojándose, aunque no sepa por qué*)

Correcto.

DYLAN

Lo que nos deja cambio climático, economía, el papel de los Estados Unidos en los asuntos mundiales y justicia penal y la policía.

Jared traga saliva.

DYLAN

¿Por dónde empezamos?

JARED

(*traga saliva de nuevo*)

¿Cuáles eran las instrucciones?

DYLAN

(parafraseando de su monitor)

Tenemos que elegir cinco temas contemporáneos y diseñar una campaña política en la que nuestro candidato imaginario sostenga creencias opuestas a las nuestras.

JARED

Te juro que está tratando de matarnos.

DYLAN

Sep. Entonces, cambio climático. ¿Qué opinas?

Jared respira hondo intentando que no se note.

JARED

Bueno, es obvio que el clima ha cambiado… Y si crees en la ciencia —y yo sí—, se debe sobre todo a acciones que han tomado los seres humanos.

DYLAN

Ok… ¿Y qué se debería hacer al respecto?

JARED

Creo que si nosotros lo rompimos, nos toca arreglarlo. Hay unas aspiradoras de carbono gigantes. Y la semana pasada estaba leyendo sobre una empresa que está tratando de cultivar un tipo de alga que absorbe carbono y lo contiene.

Dylan se echa para atrás, perpleja.

DYLAN

¿Por qué estabas leyendo eso?

JARED

(sonrojado)

A diario me llega un boletín del *Washington Post* que resalta siete notas todas las mañanas. Este… ¿quizá es lo primero que leo al despertar?

DYLAN

(sonriendo y dándole con el codo)

¿Me lo estás preguntando o me lo estás diciendo?

JARED

Bien jugado, Coleman.

DYLAN

Ay, Dios mío, no me digas así.

Se estremece, pero no se explica.

DYLAN

En fin, estamos de acuerdo en cambio climático. Pasemos a sistema penal y policía. ¿Crees que la policía debería ser desfinanciada y/o abolida?

JARED

(tratando de no desmayarse o fingir una emergencia médica)

Mmmm... pues... ¿no? Entiendo por qué hay gente que lo propone, pero no creo que sea lo más inteligente. Al menos no antes de que se haya diseñado y puesto a prueba un sistema más efectivo.

Hay una laaaaarga pausa.

DYLAN

Te entiendo. Mi tío preferido es policía en Virginia, y hablamos seguido del tema. Él ha perdido muchos amigos con el pasar de los años, e incluso algunos de nuestros parientes rompieron contacto con él cuando esos cinco policías negros en Memphis mataron a golpes a aquel patinador negro. Pero mi tío también rescató a seis niños de la camioneta de un delincuente sexual registrado después de orillarlo por una violación de tráfico. Cree que su deber es ser uno de los buenos hasta que encontremos algo mejor.

JARED

A mi mejor amigo lo mató un policía.

Recibe el golpe a medida que las palabras caen.

Ni siquiera hizo nada malo.

DYLAN

Sí. Algo leí. Emmanuel Rivers, ¿no?

Jared no sabe qué decir.

DYLAN

Cuando vi que la doctora Yeh nos asignó como pareja, te investigué. Encontré un viejo reportaje en el que denunciabas la manera en la que estaban presentando a tus amigos en los medios luego de que les dispararan.

JARED

Ah.

DYLAN

También encontré un artículo que decía que tú, un chico negro y una chica blanca estaban esforzándose por sacar a un muchacho injustamente encarcelado de prisión. De hecho, estaba bastante emocionada de trabajar contigo… hasta que encontré una foto y vi que eras el imbécil que había tirado mis cosas y había seguido como si nada.

JARED

Nunca me lo vas a perdonar, ¿eh?

DYLAN

Es correcto, aunque hayas sido todo un caballero desde entonces. Lamento lo que les pasó a tus amigos.

Se hace el silencio, y a Jared le empiezan a cosquillear las palmas. De pronto, lo abruma el impulso de decir más de lo que sabe que debería. No está seguro de por qué, pero algo en Dylan hace que sea muy fácil hablar con ella…

JARED

¿Sabes por qué me costó contestar esa pregunta?

Pasa un instante en el que se da cuenta de lo que está haciendo… y lo hace de todos modos.

JARED

Porque me he beneficiado del trato injusto. Me dieron un DUI el año pasado, pero no aparece en mi historial. Mi papá "no quería que arruinaran mi futuro", así que les encargó a sus abogados que lo limpiaran.

Dylan se queda callada e impávida. Jared sabe que debería dejar de hablar, pero no parece ser capaz.

JARED

Y obviamente estoy agradecido. No se me ocurre que alguien quisiera que le arruinaran el futuro. Pero me atormenta todo el tiempo porque sé que, si no hubiera sido blanco, las cosas habrían resultado muy distintas…

DYLAN

Como le está pasando a ese jugador de fútbol americano.

Jared abre la boca y la cierra. El aire parece espesarse.

JARED

Digo…

Un *jazz* animado llena la sala y Dylan salta. Es su teléfono. Se lo saca del bolsillo y mira la pantalla. Se le desorbitan los ojos y se pone de pie de un salto.

DYLAN

(recogiendo sus cosas apresuradamente)

Lo siento mucho, pero tengo que contestar.

Antes de que Jared pueda responder, la puerta se está cerrando detrás de ella.

Corte a negro.

10 de abril

Querido Manny:

Sinceramente, no esperaba volverte a escribir en lo absoluto, mucho menos tan pronto, pero las cosas se han puesto raras y no tengo ni IDEA de qué hacer al respecto.

En resumen: hay una chica. Bueno..., hay dos chicas en realidad, aunque una solo sea relevante a causa de la otra (con todo respeto). La más importante se llama Dylan Marie Coleman. Es mi pareja en ese proyecto que te mencioné en mi primera carta, y también es mi oponente en la campaña presidencial. (Nota al margen: estoy bastante seguro de que la doctora Yeh me puso un cuatro. Descubrí que es la asesora docente del CEU).

Hace unas noches, Dylan huyó de mi apartamento como una ladrona y no ha respondido ninguno de mis mensajes. Y, pues bueno, sí que empecé a entrar un POQUITO en pánico. Justo antes de que se fuera, le conté algo que quizá no debería haberle contado. Pero también han estado pasando muchas cosas —las campañas iniciaron ayer en la mañana—, así que tampoco he tenido mucho tiempo para pensar en eso.

Sin embargo, las últimas tres horas echaron mi tranquilidad y serenidad a la licuadora. Todo empezó con un correo que me mandó para invitarme a colaborar en un documento compartido que resultó ser una propuesta de escaleta para nuestro proyecto. Así... impecablemente detallada y con una explicación para cada tema que había elegido.

¿Me molestó que hubiera hecho todo ese trabajo y dejado mis mensajes en visto? Sí. Un poquito.

Pero bueno, si ella iba a trabajar, yo también. Así que salí a correr para despejar la cabeza y luego fui a la biblioteca.

Y todo habría estado perfecto de no ser porque pasé por el centro de estudiantes justo cuando ella estaba saliendo. Venía con otras personas, la mayoría estudiantes de color. (Uno de ellos, Dionte Hardison, de hecho está en mi sección de Derecho Constitucional). Pero ¿de solo verla?, bro, no sé qué me picó, pero quería correr hacia ella, literalmente alzarla en brazos y llevármela para que nunca volviera a salir de mi vista. Es algo que no tengo idea de cómo explicar.

Puede que esto sea lo más perturbador que haya sentido en mi vida, pero bueno.

Aceleré el paso con la esperanza de orquestar un encuentro a la "Ey, ¡qué casualidad verte por acá!", pero cuando estaba como a diez yardas, oí que me llamaban... Y ella también. Alzó la barbilla, cruzamos miradas por un instante, me dedicó una media sonrisa (muy seductora) y me saludó con un gesto. Me dio escalofríos.

Pero cualquier placer vagamente confuso que estuviera sintiendo fue partido en dos por un tajo de katana cuando la persona que me había llamado se interpuso en mi camino, rebotando en las puntas de sus imprácticos zapatos como si trajera resortes en los tacones de aguja.

Entra la chica número dos: Ainsley Michelle Cruz. En lo adelante nos referiremos a ella como la ex.

El contexto más rápido del mundo: mi papá y el de mi ex son exalumnos de Yale y excompañeros de cuarto, y lo que más les gustaría en el mundo es que la ex y yo nos casáramos para darles nietecitos bulldogs (esa es la mascota de nuestra universidad). Y yo traté de complacerlos, Manny, de verdad, como por un semestre y medio del año pasado. Ainsley es muy cotizada en el campus y de verdad es una chica muy linda e inteligente (cuando lo deja ver). Solo que... no es mi tipo, ¿sabes?

En fin, la ex está ahí parada sonriéndome como si YO hubiera sido el que pintó el cielo del color de sus ojos. (Tiene bonitos ojos, pero bueno).

—¡Estaba segura de que eras tú, mi semental! —dijo.

Tuve que luchar para no hacerle una mueca. Le pasé un brazo por la cintura a regañadientes cuando ella me echó los suyos al cuello y presionó su cuerpo entero contra mí, pero mi mirada regresó a Dylan.

Y Dylan me estaba mirando. Arqueó las cejas y me dedicó una mirada de aprobación burlona.

No podría haber odiado más ese momento.

—¡Qué bueno que te encontré! —dijo la ex para recuperar mi atención—. Mi papá va a venir a la ciudad para ver a un cliente este fin de semana y quiere invitarnos a cenar. —Debería señalar que ni Ainsley ni ninguno de nuestros padres han aceptado que cortamos—. Iba a mensajearte en la tarde, pero poderte decir en persona es...

Y no oí ni una sola palabra de lo que dijo después porque el sonido de la palabra "mensajearte" devolvió mi concentración directo a Dylan, que me seguía mirando. Cruzamos miradas de nuevo.

Oí a la ex decir «¿qué miras?" un pelín demasiado tarde y, antes de que la pudiera detener, ya se había asomado por encima del hombro.

—Oye..., ¿no es esa la chica que se presentó también a la presidencia? —Se volteó a mirarme otra vez—. ¿Es en serio, Jared?

—Cálmate, Ains. —No fue mi mejor momento en ningún universo, pero en lo único que podía pensar era que le iba a contar a su papá (que le contaría a MI papá) que yo le estaba haciendo ojitos a una mujer negra mientras la ex me invitaba a cenar—. Sí, va por la presidencia, pero también es mi pareja asignada para el proyecto de Yeh...

—Lo que CLARAMENTE no te molesta ni un tantico —reclamó cruzándose de brazos.

—Ains...

—Te tengo noticias, amiguito. Soy una <u>mujer</u>. Nos damos cuenta cuando al chico al que amamos le gusta alguien más.

Entonces supe que ya no podía discutir, Manny.

La ex lanzó una mirada fulminante por encima del hombro otra vez, y si algo vi en el cambio de expresión de Dylan fue que sus ojos láser de la muerte habían alcanzado su objetivo.

—Solo ten cuidado, ¿sí? —continuó la ex mientras regresaba la mirada hacia mí. Se limpió las lágrimas del rostro—. He oído cosas sobre esa chica y ninguna es linda. Diviértete con tu "proyecto".

Me hizo a un lado de un empujón y se fue.

Todo habría estado bien, Manny. Incluso si hubiera ido corriendo a acusarme con nuestros papás, todo el asunto podría achacarse a que estaba molesta porque ya la había superado, y las cosas se habrían calmado luego. Pero al regresar a mi apartamento —no había manera de que pudiera concentrarme después de todo eso, así que ya no fui a la biblioteca— tenía un mensaje directo en la única red social que uso. Era de una cuenta sin seguidores, foto de perfil ni publicaciones.

No sabía que nuestra "superescuela" permitía que se presentaran delincuentes a la presidencia, pero supongo que así es Estados Unidos...

Y había un enlace.

Normalmente, no lo habría abierto ni en un millón de años. Pero... bueno, entré en pánico por eso de que quizá no debí haberle contado a Dylan sobre mi DUI. Así que pinché el enlace. Y ahí, en la palma de mi mano, aparecieron un par de fotos policiales, una de frente y otra de perfil.

De Dylan Marie Coleman.

Y así terminé aquí. De nuevo, escribiéndole a mi mejor amigo muerto porque no tengo idea de qué pensar ni qué sentir.

No he escarbado nada más porque estoy en *shock*, supongo. Digo, <u>sabía</u> que no sabía mucho sobre ella, pero no sabía CUÁNTO no sabia. ¿Sabes?

Lo único que puedo pensar es que la persona a la que le vomité la sopa de mi secreto más profundo y oscuro (Bueno, el segundo más profundo y oscuro... El primero es que tuve una aventurilla con Melo Taylor el verano pasado cuando estaba borracho en una fiesta. Por favor, no vayas a contarle a Justyce en un sueño) no solo es mi rival política... Claramente también tiene sus propios secretos.

Ahora me preocupa no poder verla sin imaginar su foto policial, y la tengo que ver. En primer lugar, tenemos que hacer un proyecto.

Tratar de lograrlo mientras intento evitar su cara sería muy raro. Y en segundo lugar, digo..., es imposible no mirarla.

Ahora estoy MÁS nervioso que nunca de haber elegido "Sistema de justicia y policía" como uno de nuestros temas centrales. ¿Y si a ella TAMBIÉN la arrestaron injustamente y ahora sabe que mi historial fue limpiado (injustamente)?

Bro, ojalá que esto no acabe en desastre.

Voy a añadir unas cosas a nuestro documento del proyecto para que sepa que no fui a ver a Ainsley. Por qué quiero que lo sepa —sobre todo luego de lo que acabo de ver—, no estoy muy seguro. Pero bueno.

Ojalá estuvieras aquí, viejo.

Jared

SEGUNDO ACTO

La ~~pareja~~ rival perfecta

7

Instaurar la justicia

Jared está tan desconcertado la mañana siguiente que apenas alcanza a llegar al salón de la doctora Yeh antes de que cierre la puerta.

—¡Qué bueno que nos acompaña, señor Christensen! —dice guiñándole el ojo cuando se escurre por la puerta.

—Lo siento, profesora.

Jared se quita los zapatos y los deposita en un estante, y luego se gira. De verdad quería sentarse junto a Dionte. (No podría explicar por qué).

Pero no puede.

De hecho, como si las pesadillas que lo mantuvieron despierto la mayor parte de la noche no fueran una fuente de miseria suficiente, el único puf disponible es el que está entre Ainsley y John Preston.

Cómo no sería así.

—Te ves cansado —dice Ainsley cuando se sienta.

Así que sí le está dirigiendo la palabra. Había creído (tenido la vana esperanza de) que se la iba a retirar.

"Gran observación, Nancy Drew", es lo que quiere decir, pero se aguanta. Solo la lastimaría, y ella no ha hecho nada para merecer el golpe. Solo reza por que no mencione a Dylan. Eso lo empujaría por el borde de lo desconocido, y no tiene idea de qué sería capaz de decir o hacer entonces.

Jared, por supuesto, no resistió el impulso de investigar sobre las fotos policiales. De hecho, en cuanto cerró su cuaderno de cartas secretas rompió su propia regla cardinal y se lanzó en un barrido completo de internet en busca de registros del arresto de Dylan Marie Coleman.

Luego de dos horas, dieciséis minutos y una tarifa absurda que cargó a su tarjeta de crédito de emergencia —pensó que si su papá le preguntaba, le diría que había oído un rumor sobre una oponente política y tenía que obtener pruebas de las reglas violadas en caso de que perdiera las elecciones (papá probablemente se sentiría orgulloso de lo proactivo que era)— encontró lo que buscaba: dos cargos en Newport News, Virginia; uno por un delito menor por daños a la propiedad, y otro, el mayor, por lesiones calificadas.

Toda la noche, su mente rebotó entre (a) saber que si Dylan decidía exponer su secreto, él tenía todo lo necesario para devolverle el golpe y (b) asimilar lo que había descubierto.

Porque ¡¿*daños a la propiedad*?!… ¡¿Y *lesiones calificadas*?! o lo que diablos significara eso… Jared no podía evitar pensar que había un arma involucrada.

Encima de todo estaba el hecho de que una persona anónima había desenterrado la foto policial de Dylan y creado un perfil falso con el único propósito de enviárselo a Jared. ¿Por qué alguien haría algo así? Su breve interacción con Ainsley fue lo primero que le saltó a la cabeza —¿sería por celos?—, pero está bastante seguro de que ella no perdería el tiempo en ese tipo de cosas.

Además, ¿acaso la persona anónima también le había mandado las fotos a LePlante o a alguien en la cúpula del CEU? Jared sospechaba que la respuesta era no, lo que hacía que todo el asunto fuera aún más desconcertante. Y lo más extraño de todo: su sentimiento dominante era un extraño instinto de proteger a Dylan, lo que le recordó la vez que SJ Friedman le dijo: "Siempre revisa para asegurarte de que no estés haciendo mierdas de ya-llegó-el-chico-blanco-a-salvar-el-día". Ella se refería a su interés por los derechos civiles, pero el consejo le parece apropiado para el momento.

—Una respiración estabilizante antes de empezar, por favor —dice la doctora Yeh.

Esto lo devuelve al salón y le desata otro tipo de pavor. En cualquier otra circunstancia, le encantaría que lo distrajeran del caos de su mente…, pero sabe exactamente en qué clase se encuentra.

Dra. Yeh: Oigan, oigan…

Todos: ¡Sí, sí!

Dra. Yeh: Bienvenidos. Gracias por estar aquí hoy. Hoy por la mañana, recibí un correo electrónico de una estudiante con un enlace a una noticia sobre un distrito escolar cercano que acaba de decidir retirar de sus estantes una docena de libros infantiles contemporáneos —muchos de ellos muy apreciados por los alumnos— tras una queja de un padre de familia. La estudiante tenía dos preguntas para mí que me gustaría proponerles a ustedes: ¿Podría este asunto ser apelado en la Corte Suprema para volver ilegal la prohibición de libros a nivel federal? ¿Y qué argumentos constitucionales podrían usarse para tal efecto?

John Preston: ¿Que qué?

Dra. Yeh: ¿Alguien podría repetirle la pregunta al señor LePlante?

John Preston: No, sí oí la pregunta. Solo me parece ridícula.

Imani: ¿Qué te parece ridículo?

John Preston: La idea de que la Corte Suprema desperdicie su tiempo en algo tan trivial.

Jared: Qué sorpresa.

Dra. Yeh: ¿Pretende respaldar su opinión desde una perspectiva constitucional, señor LePlante?

John Preston: La Constitución no tiene nada que ver aquí. Las escuelas públicas son financiadas por los contribuyentes. Si dichos contribuyentes sienten que lo que les están enseñando a sus hijos es incorrecto o inapropiado, tienen todo el derecho a exigir cambios al plan de estudios.

Imani: ¿Eso aplica a todos los contribuyentes o solo a algunos?

John Preston: ¿Eh?

Imani: Mis padres, por ejemplo, son ciudadanos estadounidenses que pagan impuestos y respetan la ley, y viven en un estado en el que hay leyes que limitan lo que se puede enseñar sobre la esclavitud en Estados Unidos y también sobre la bien documentada historia de los actos de terror racistas cometidos contra las personas negras después de la emancipación. Esas limitaciones crean grandes errores en lo que los niños aprenden sobre este país. ¿Pueden mis padres "exigir" cambios al plan de estudios también?

Amir: Williams LA CLAVA.

Dra. Yeh: Aquí solo se permiten consignas constitucionales, señor Tsarfati.

Todos: [*Se ríen*].

John Preston: Yo lo único que digo es que la gente envía a sus hijos a la escuela para que aprendan lo que necesitan saber para tener éxito en este país. Es evidente que estos supuestos "libros" que retiraron…

Jared: Son libros de verdad, socio. No tienen nada de "supuestos"…

Dionte: Sí, *bro*. A veces tienes la manía de tratar de deslegitimar algo porque decides que no merece ser llamado lo que literalmente es. Esa tendencia es un ejemplo clarísimo del problema que estamos tratando.

Dra. Yeh: ¿Y cuál sería ese problema, señor Hardison?

Dionte: La idea que tienen ciertas personas de que *sus* estándares e ideales son correctos y universales.

Jared: Estoy completamente de acuerdo.

John Preston: Qué importa. Mi punto es que si los líderes del distrito escolar decidieron que había que retirar esos libros, es evidente que no los consideraban necesarios para el éxito educativo.

Ainsley: Estoy de acuerdo. O sea, ¿por qué deberían obligar a esos niños a aprender cosas que no aplican a ellos? De hecho, ¿por qué deberían obligar a cualquier persona que esté pagando por que la eduquen?

Jared: [*Siente que las cosas van en una dirección indeseable…*].

Imani: ¿A qué te refieres?

Ainsley: Bueno…, me puse a revisar las declaraciones de campaña de los candidatos presidenciales al Consejo de Segundo Año y Dylan Coleman quiere que nuestra universidad implemente un curso obligatorio de estudios étnicos para todos los estudiantes.

Imani: ¿Yyyyy… eso es problemático?

Ainsley: Digo, no es que sea problemático. Solo que no entiendo por qué los cursos de estudios étnicos serían relevantes para nuestra educación general.

Imani: A *tu* educación en específico, más bien.

Amir: [*A Ainsley*]. ¿Por qué nos atiborran de historia europea en la secundaria? No estamos en Europa.

Ainsley: Digo, este país fue fundado por europeos...

Imani: Pero CONSTRUIDO por africanos...

Jared: En tierra robada a los nativos americanos.

Amir: ¿No tendríamos que aprender sobre todos ellos también?

Dra. Yeh: Una respiración estabilizante, por favor.

Todos: [*Respiran*].

Dra. Yeh: Excelente. Esta es una gran discusión, pero volvamos al tema. La pregunta inicial se mantiene: ¿Cómo podría usarse la Constitución para prevenir la prohibición de libros?

John Preston: Como dije, no se puede...

Jared: Podríamos argumentar que prohibir libros en escuelas públicas, que están parcialmente financiadas por el gobierno federal, viola la Primera Enmienda.

John Preston: ¿Qué? ¿Cómo, *bro*?

Dionte: "Reducir la libertad de expresión", creo que es la fórmula exacta.

John Preston: [*Niega con la cabeza*]. De ninguna manera. No están evitando que nadie se exprese libremente. El hecho de que los libros existan es prueba de ello.

Dra. Yeh: Un argumento muy interesante, señor LePlante. ¿Alguien más?

Todos: [*Silencio*].

Dra. Yeh: ¿Nadie?

Dionte: Digo… supongo que, dependiendo de qué libros se estén prohibiendo, ¿podríamos argumentar que la práctica es discriminatoria?

Dra. Yeh: Ok. Continúa.

Dionte: Pues… si hay cosas en común obvias entre los libros que se están retirando y esas cosas en común tienen que ver con asuntos como raza o género o religión u orientación sexual, podría armarse un caso usando la cláusula de protección igualitaria de la Decimocuarta Enmienda.

Amir: ¡Eso es, hermano!

John Preston: [*Niega con la cabeza*]. Están exagerando. La protección igualitaria solo aplica a estadounidenses de carne y hueso. ¿Los derechos de quién se están violando aquí? ¿De un montón de personajes ficticios? Este argumento es absurdo.

Dionte: Los libros los escriben estadounidenses de carne y hueso, campeón. Les decimos *autores.*

Todos: [*Se ríen*].

John Preston: [*Parece a punto de incendiarse*].

Imani: Sin mencionar a los estudiantes estadounidenses de carne y hueso. Si solo se están retirando ciertos libros, los estudiantes que se parecen a los personajes de los libros prohibidos podrían argumentar que se sienten discriminados. Si yo tengo que leer a F. Scott Fitzgerald, tú puedes leer a James Baldwin. O mejor aún, a alguien contemporáneo y, pues…, vivo.

Todos: […]

Ainsley: Bueno, de todos modos no creo que deberíamos tomar una clase de estudios étnicos.

Amir: Tú sabes que eso es una categoría de estudios, ¿verdad? No es una clase específica. Hay muy buenas opciones… Estudios Afroamericanos, Relaciones en Medio Oriente, Historia de Latinoamérica…

Ainsley: Siguen siendo irrelevantes.

Imani: ¿No eres mitad cubana?

Ainsley: ¿Y eso qué tiene que ver?

Todos: […]

John Preston: Sin ofender, pero ¿qué caso tiene todo esto?

Amir: Mmm… ¿te refieres a discutir la constitucionalidad de algo en un curso de Derecho Constitucional?

John Preston: Y precisamente por cosas así quiero ser presidente. Los estudiantes se inscriben aquí para aprender cosas que sean relevantes para su futuro como líderes globales. Este tema no tiene nada que ver con la Constitución, así que no deberíamos discutirlo en esta clase…

Dionte: ¿Acaso interesarte en los distintos tipos de personas que vas a representar (y por lo tanto aprender de ellas) no es la cosa *más* relevante cuando quieres ser un líder?

John Preston: Los profesores tienen que seguir el plan de estudios.

Jared: *Bro*, ¿para qué abres la boca?

Dra. Yeh: Una respiración estabilizante, por favor.

Todos: [*Respiran*].

8

El suelo de la confianza pública

Jared está cruzando el campus rápidamente a pie (va tarde a una junta con su equipo de campaña), cuando empieza a sentir que lo miran de soslayo. Al principio, trata de achacárselo a la paranoia. Tiene que admitir que sigue un poco estremecido por la conversación de Derecho Constitucional (no es como que él nunca haya usado el argumento de *¿Y esto cómo es relevante para mí?),* pero cuando al pasar junto a un grupito de chicas oye: "Dios mío, ¿ese es él?", sabe que algo anda mal.

Se revisa la cremallera. Está cerrada. Mira hacia abajo… Su camisa parece limpia. ¿Traerá algo en la cara?

Al subir los peldaños del centro de estudiantes, cuatro personas lo ven y desvían rápidamente la mirada. Abre una puerta y juraría que oye a alguien decir "Ufff" cuando se cruzan.

Aun así, intenta espantarse la sensación.

Pero al llegar a la sala de juntas que reservó Amir y ver el pandemonio que hay adentro no le queda duda: algo ha salido increíblemente mal.

—Llegó Jared —dice una voz femenina en algún punto del torbellino.

Hay un montón de gente reunida alrededor de la larga mesa en el centro de la sala revolviendo papeles y hablando en voz baja pero palpablemente tensa, dos personas con *laptops* en rincones opuestos y otra susurrando con furia en un celular.

—Eh…

La cabeza de Amir emerge en la cabecera de la mesa.

—¡No te preocupes, Jare-Bear! —dice con un saludo militar antes de agacharse de nuevo—. Tooooodo está bajo control.

—Son calumnias, señorita Park —ladra la persona al teléfono, (Aaron Karo, se percata Jared)—. No hay evidencia que respalde la acusación y el Consejo Estudiantil Universitario tiene que publicar un comunicado. La reputación de su organización está en juego si permiten que uno de sus candidatos pueda ser sometido abiertamente a esta clase de abuso público… ¿Cómo que *abuso* es una hipérbole?

El pulso de Jared se acelera al acercarse al caos. Cualquiera que sea el problema, es grave. Lo siente en los huesos.

Hay impresiones regadas por toda la mesa. Jared estira el brazo hacia una y una mano le agarra la muñeca. Alza la vista para encontrarse con la cara de Pat Neuman.

—No te preocupes, ¿ok, *bro*? Lo estamos cortando de raíz.

Jared quiere preguntarle de qué carajos está hablando, pero no consigue obligar a su boca a formar palabras. Es como si su cerebro hubiera tenido que procesar demasiadas cosas durante las últimas dieciséis horas y se estuviera rindiendo. Pats le suelta el brazo y Jared se acerca a una de las hojas. Es un volante. Tiene la misma foto suya que traen sus volantes de campaña debajo de ¡VOTA POR JARED PETER CHRISTENSEN PARA PRESIDENTE DEL CONSEJO DE SEGUNDO AÑO!, pero está pintarrajeada. Tiene equis sobre los ojos y una lengua burdamente dibujada colgándole de la boca. Todo fue añadido digitalmente.

Sin embargo, lo peor es lo que viene impreso debajo de la foto. En vez del código QR que lleva a su bien diseñada página de campaña, hay un acrónimo:

E.C.C.C.C.E.

Estudiantes Contra Candidatos al Consejo que Conducen Ebrios

Y Jared por fin recobra el habla.

—¡QUÉ CARAJ…!

Suena su teléfono.

Y sigue sonando. Porque, al ver quién es, Jared se sorprende demasiado para contestar.

El teléfono se detiene.

Y empieza a sonar otra vez.

¿De verdad le está llamando *ahora*? ¿Luego de tres días de no contestar sus mensajes?

Deja de sonar de nuevo.

Y vuelve a empezar.

—¿Y si contestas? —dice una voz a sus espaldas. Es Robbie, que no ha alzado la vista de su *laptop*—. No parece que se vayan a rendir.

Se detiene y vuelve a empezar. Jared desliza el pulgar por la pantalla y se lleva el aparato a la oreja.

—¿Bueno?

—Dios mío, no me asustes así, Jared —dice Dylan.

Lo cual… ¿lo confunde?

—¿Qué?

—¡No sé! —De verdad suena en pánico. Definitivamente no era lo que esperaba—. ¡Creí que te habían metido a una junta disciplinaria o algo! ¿O que habían ido a arrestarte?

—¿Me lo estás preguntando o me lo estás diciendo?

Es lo más absurdo que podría decir, dadas las circunstancias, pero Jared no tiene idea de qué pensar de lo que sucede. Una preocupación genuina fluye hacia sus oídos, expresada por una voz que literalmente le da escalofríos.

No ayuda que la última vez que vio la cara de quien le habla haya sido en un par de fotos policiales.

Esto es, por mucho, lo más atolondrado que se ha sentido en su vida.

—Guau, claramente estás en *shock* —dice Dylan.

Jared no contesta. (¿Quizá tenga razón? Parece probable…).

—¿Jared? —continúa Dylan—. ¿Sigues ahí?

Amir alza la vista y Jared señala su teléfono para indicar que va a tomar la llamada afuera.

—Sí, aquí estoy —contesta al fin mientras sale de la sala.

—Ok. Estoy quitando todos los que me encuentro, y mi equipo está en eso también.

Más confusión.

—¿Qué? ¿Quitando qué?

—Este… ¿los volantes difamatorios? ¿No los has visto?

—Ah. —“¿Por qué los quitaría si ella los puso?», dice una voz en su cabeza—. Sí, ya los vi.

—¿Seguro que estás bien?

—¿Quién dijo que estoy bien?

Las palabras sorprenden a Jared, pero la verdad que expresan y el sonido de su propia voz al pronunciarlas lo traen de vuelta a su piel. Que está cubriendo su cuerpo. Que está ahí en el campus… y que está metido en algo muy desagradable, a juzgar por lo estrujadas que siente las tripas.

—Mira, estoy como a tres minutos de tu apartamento —dice Dylan—. ¿Quieres que nos veamos ahí?

"¿Por qué?", quiere preguntar. "¿Por qué nos veríamos en mi apartamento? ¿Quién rayos eres? ¿Por qué me llamaste? ¿Qué clase de jueguito enfermo es este?".

Pero lo que sale es:

—Sí. Te lo agradecería mucho. Llego en seis.

Ninguno de los dos dice una palabra afuera del edificio. Ella solo se hace a un lado mientras él presiona los últimos cuatro dígitos de su clave de estudiante y su contraseña, y luego lo sigue. Él va directo a su cuarto en cuanto entran al apartamento, y ella le va pisando los talones.

—¿Quieres que la cierre? —dice Dylan, señalando la puerta de la recámara.

Se da cuenta de que la chica que ha habitado su mente sin interrupción durante la última semana está en el lugar más personal e íntimo que tiene fuera de su casa. Pero no siente nada al respecto. Está… entumecido. Dylan trae unas largas trenzas que hacen que su cráneo parezca un tablero de ajedrez —si también es una peluca, está genial— y, como de costumbre, su piel parece brillar. Pero esta vez, en cuanto cruzan miradas, ve su foto policial en un flashazo.

—No, déjala abierta —dice—. De hecho…, vamos a la sala.

Salen y se sientan. Y luego de lo que le parece un silencio de eones, Dylan lo mira.

—¿Te molesta si te toco? —pregunta.

De nuevo, esto es muy inesperado. Pero (también de nuevo), la boca de Jared dice “Para nada” antes de que tenga tiempo de pensarlo.

Dylan le pone una mano en la rodilla —muy suave al principio, pero luego con más presión— y la otra en el hombro. Y así como así, la tensión se esfuma. Jared se siente tan aliviado que echa atrás la cabeza y cierra los ojos.

—¿Eres bruja o algo? —dice sin pensarlo.

Silencio.

Abre un ojo para verla y ella se echa a reír.

—No, en serio —continúa Jared, cerrando otra vez los ojos. No podría censurarse ni aunque lo intentara, así que no lo hace—. Ni siquiera tiene sentido que estés aquí. Y luego conviertes mi cuerpo en pudín de caramelo con solo tocarlo con tus manos de chocolate.

—De vainilla.

—¿Qué?

—Pudín de vainilla. Tienes un bronceado decente, pero definitivamente te falta melanina para ser color caramelo. Y no describas a las personas negras con términos de comida.

Ante eso, Jared abre los dos ojos y gira todo el cuerpo hacia ella.

—¿Qué haces aquí, Dylan?

Ella baja la mirada y no contesta.

—O sea, saliste corriendo de aquí hace días, no has contestado ninguno de mis mensajes en los que te preguntaba cómo estabas, y ahora una cosa que solo tú sabes de mí aparece por todo el campus un día después del inicio de las campañas… ¿y de pronto eres la Capitana Salvadora?

Lo de que solo ella lo sabe no es cierto. Por supuesto, Justyce y Amir también están enterados, pero ellos definitivamente no lanzarían una campaña sucia perfectamente planeada. Pero al parecer lo último que dijo fue lo único que oyó Dylan.

—¿Capitana qué? —pregunta.

—Así decía mi mejor amigo, el que falleció. Decía que se usa para describir a una persona que solo se aparece cuando aparentemente alguien necesita que lo rescaten.

Dylan bufa burlona:

—Ya sé qué significa, Jared. Solo me sorprende que lo uses.

—No has contestado mis preguntas, Dylan.

Dylan entrelaza los dedos sobre las piernas y respira hondo.

—Ok —dice—. Todo eso es razonable. ¿Quieres que te conteste punto por punto?

—Te lo agradecería.

Dylan asiente.

—Primer punto: salí corriendo porque me llamó mi abogado…

—¿Tu abogado?

En realidad no le sorprende tanto, sabiendo lo que sabe, pero oírla a ella decirlo tan abiertamente lo agarra de sorpresa.

—Es una larga historia, y te doy mi palabra de que algún día te la contaré, pero todavía no puedo porque estoy en medio de un embrollo que tiene que ver con mi vieja universidad.

Jum.

—Ok…

—Lo de los mensajes… agh. —Se lleva las manos a la cabeza. (De verdad está llena de sorpresas). —Mira, quizá no tenga nada de sentido, pero tengo un problemita… que se debe a un trastorno de ansiedad que desarrollé como resultado de la otra cosa de la que no te puedo hablar…

—¿Me lo estás preguntando o me lo estás diciendo? —dice Jared otra vez, incapaz de resistirse.

—¿En serio? ¿Ahora? —Pero sonríe. Un poco de tensión se libera del ambiente—. Para no hacerte larga la historia, si alguien me pregunta si estoy bien y no estoy bien, solo… no respondo. O sea, estaba perfectamente bien en general, pero sabía que me preguntabas por algo en lo que en realidad no estaba bien, así que… me trabé. Lo siento mucho.

Jared piensa que ojalá no esté esperando a que le conteste, porque no tiene idea de qué decir a eso.

Por suerte, Dylan continúa:

—Y sobre lo de la Capitana Salvadora, como dijiste. En primer lugar, debes saber, por favor, que yo no fui, Jared. No estoy segura de si eso es lo que insinuabas con lo de que solo yo sé de esto, pero no fui yo. Echar a los perros a mi pareja de un proyecto que vale una cuarta parte de mi calificación… ¿y en una escuela nueva? Ni loca.

Jared gruñe:

—Es un buen punto.

—Y te quiero ayudar porque me enojó ver que alguien esté tratando de tumbarte. Eres buen chico, Jared. No lo quiero admitir, pero no estás nada mal.

Jared arquea las cejas.

—Ah, ¿sí?

—Que no se te suba a la cabeza —dice, pegándole en el brazo con coquetería. (Jared Peter Christensen está perfectamente consciente de cuando le están coqueteando)—. Me refiero a tu persona…

—¿Y en segundo lugar? —le pregunta, moviendo las cejas con picardía.

—Ay, Dios mío, qué infantil eres —dice con cara de exasperación antes de barrerlo con la mirada—. Pues pasas, supongo. Eres *medio* listo. Un *poquito* atractivo. Una compañía *decente* en un lugar en el que no siempre estoy cómoda. No es nada…

—Te estás yendo por las ramas porque soy blanco, ¿verdad?

La pregunta queda flotando en el aire un segundo y luego los dos se ríen.

—De verdad no te soporto —dice ella mientras se limpia las lágrimas.

—Oye, Dylan.

Cruzan miradas.

—¿Me prometes que no fuiste tú?

Dylan alza la mano derecha.

—Lo juro por mis becas por mérito.

Jared respira hondo y asiente. Aunque decida creerle —y por ahora le cree—, no siente alivio. No, los volantes no contienen evidencia, pero es obvio que alguien en quien no puede confiar conoce su secreto.

Al igual que alguien en quien ella no puede confiar conoce el suyo.

Aun así, ambos saben que los volantes tienen razón y que no debería ser candidato. ¿Está dejando pasar eso por alto porque ella también tiene un secreto?

Suena su teléfono. Es Amir.

Cruzan miradas y Dylan asiente comprensiva.

—Sé dónde está la puerta —dice mientras se levanta—. ¿Me avisas si necesitas algo?

Jared entorna los ojos.

—No estoy seguro —dice. Es lo más honesto que ha sido en mucho tiempo y se siente bien—. Con todo respeto.

Dylan sonríe.

—Eres todo un caso —dice—, pero te entiendo. Hablamos pronto. Ya sabes, por el proyecto.

Jared contesta el teléfono mientras la ve irse.

—¿Bueno?

—Ya está bajo control —dice Amir en su oído—. Todo en su lugar. Ya puedes respirar.

Jared respira.

Y lo único que huele es a Dylan Coleman.

9

Fines caritativos

Resulta que "bajo control" era decir poco. El CEU no solo publicó un comunicado en el que denunciaba que las acusaciones contra Jared Christensen, candidato a la presidencia del Consejo de Segundo Año, eran "flagrantemente falsas" —en letras negritas, en lo alto de la página de las elecciones para el CEU, donde nadie podría no verlo—, sino que también publicaron un video que decía que "las tácticas difamatorias y la retórica de campaña calumniosa son una amenaza poderosa e insidiosa a la verdadera democracia".

Jared no sabía cómo sentirse. Se sentía aliviado, obviamente. ¿Quién no? Hasta podría decir que se sentía un poco reivindicado: alguien había tratado de sacarlo del juego y había fracasado. Pero también está bastante consciente de que… pues… las acusaciones, en realidad, no son falsas.

Aunque trata de no pensar mucho en eso (porque ¿para qué?), saberlo le impide contestarle a Dylan cuando se reporta para ver cómo está en la mañana siguiente a la publicación del comunicado y el video.

Parece sincera.

Vi el comunicado. Qué ALIVIO.

Sigo sin poder creer que alguien te haya hecho eso! Estás bien?

Cuando Dylan se fue el día anterior, Jared se aseguró de que sus notificaciones de lectura estuvieran apagadas para tener tiempo de procesar cualquier mensaje que le enviara sin que ella supiera que lo había visto. Por muy raro que se sienta admitirlo, ahora entiende por qué ella no le contestaba, pero ni así consigue decidirse a responderle. Porque ¿qué diría? ¿De verdad Dylan no está sintiendo nada por el hecho de que él está saliendo impune de una situación que ambos saben que destrozó los sueños deportivos de un chico negro?

Hay alguien más a quien está evitando: a Justyce. Porque Justyce también sabe que la respuesta del CEU está basada en una mentira. Así que por la mañana espera hasta oír a Justyce salir del apartamento antes de abrir la puerta de su cuarto. ¿Siente que es un cobarde? Definitivamente. Pero, francamente, no tiene las agallas para ver a su viejo amigo, que sufrió un arresto injusto y además fue baleado por un policía.

Se pone la gorra de beisbol muy baja y cruza el campus con la cabeza gacha y las manos metidas en el bolsillo de su sudadera, con la vana esperanza de que así no va a reconocerlo nadie. La experiencia del día anterior no fue fantástica, y aunque la corrección del CEU esté en línea, es imposible saber quién la ha visto y, lo más importante, quién la cree.

Se siente vagamente aliviado al llegar a la casa de su fraternidad, donde tiene una reunión, aunque (1) odia a su fraternidad y solo se unió porque su papá había sido miembro, y (2) sabe que va a haber mucha estupidez adentro.

—Qué manera de casi perder tu campaña presidencial, idiota —le dice alguien en cuanto entra. No tiene idea de quién fue porque le empuja la visera hacia abajo al pasar, por lo que acaba con la barbilla hundida en el pecho.

Lo dicho: estupidez.

Jared dobla a la izquierda para entrar al pasillo que está justo antes de la gran escalinata y se dirige hacia el estudio.

—Christensen, llegas tarde —dice una voz a sus espaldas.

Jared revisa su reloj. En realidad, llegó tres minutos temprano. Se asoma por encima del hombro, listo para lanzarle un insulto al acusador, pero aprieta los dientes y se lo traga. Es Hunter Landis, su presidente de sección.

—Cinco minutos antes es a tiempo; tres es tarde.

—Mis más sinceras disculpas, Hunter.

Hunter sigue a Jared hacia el estudio, y Jared desearía convertirse en vapor. No siente ningún cariño por el veterano, pero reconoce que inspira respeto. Le recuerda a su papá (que también fue presidente de sección) y odia que se lo recuerde con todo el ardor de una comida ultrapicante cayendo al escusado tras la digestión.

—Vi tu pequeña gresca. ¿Todo quedó rectificado, me imagino?

—Sí, todo está bajo control. El CEU publicó un comunicado y un video en mi defensa.

—Es bueno ser uno de nosotros, ¿no? —le dice con un codazo y un guiño.

Jared siente una oleada de náuseas. En gran parte porque, aunque no esté seguro de a qué se refiere Hunter exactamente, no lo puede negar. Esto lo hace querer gritar y darle un puñetazo en la cara.

Se queda un poco indispuesto mientras entra a la sala de conferencias de la casa y comienza la junta. Trata del Spring Sting anual de la fraternidad, la fiesta más grande (e infame) que organizan en todo el año. Y, a pesar de ser copresidente del comité organizador, Jared solo puede pensar que en la última un hermano bebió demasiado y empezó a perorar que había "demasiados malditos asiáticos en el campus". Alguien se ofendió y llamó a la policía universitaria, pero al llegar, en vez de clausurar la fiesta, los policías aceptaron las botellas de *whisky* de primera que les ofrecieron y fingieron que no habían visto a todos esos menores bebiendo.

Curiosamente, el idiota que había hecho la declaración innegablemente racista anda diciendo algo sobre ser "más juiciosos al decidir a quién dejamos entrar este año" cuando Dylan le envía otro mensajito:

Supongo que ahora entiendes por qué no te contestaba 😏

Dame señas de vida cuando te sientas con fuerzas.

Eso casi lo hace sonreír, pero entonces oye a alguien mencionar la fecha de la fiesta y se da cuenta de que es la misma noche de su debate para la presidencia del CSA. Lo que significa que llegará tarde a la fiesta que tiene que organizar porque se estará oponiendo en público a las posturas políticas sostenidas por la mayoría de sus hermanos de fraternidad.

¿En serio, Universo?

Le echa una mirada de reclamo a Hunter, quien seguramente lo regañará más tarde solo porque puede. Lo mejor que puede hacer Jared ahora es darlo todo en su deber organizativo para que la fiesta de este año sea la mejor que haya habido en la historia. (No se le escapa la ironía).

Y funciona. Pasan literalmente horas durante las cuales se pierde investigando sobre *catering* y decoración. Y cuando suena su teléfono cuatro horas y media después, siente que lo están arrancando de un sueño.

Es Dylan.

Se queda tanto tiempo mirando el teléfono, pasmado, que este deja de sonar. (Entonces piensa que eso le pasa cada vez que ella le habla).

Pero entonces empieza otra vez.

—Hola, Dylan —dice al contestar—. Perdón por no…

—¿Jared? Ay, gracias a Dios. —Por los audífonos le llega el pánico en su voz—. Perdón por marcarte de la nada, pero tengo una situación por aquí y me vendría muy bien tu ayuda.

Jared se pone de pie y mete la *laptop* en su mochila antes de registrar siquiera el movimiento.

—¿Qué pasó? ¿Estás bien?

Sale al pasillo y va hacia la puerta principal.

—Hay una chica que… Es que… ¿Puedes venir, por favor? —dice—. Estoy en la sala común de Bradford.

En cuanto sus pies tocan el pavimento de afuera, Jared se echa a correr.

—Ya voy.

Cuando llega cinco minutos después, la sala común que Dylan había mencionado es un campo de batalla. Dylan está sentada en una silla con la cabeza entre las manos mientras una chica blanca —sudadera desarreglada, pantalones de piyama de Hello Kitty, moño rubio desaliñado y botas Ugg sucias— le grita desde el lado opuesto de la sala. Hay dos oficiales de la policía universitaria ahí parados sin hacer absolutamente nada y un lugar lleno de estudiantes molestos a los que Jared está seguro que les dijeron que no se fueran (es el supuesto "protocolo estándar" cuando entra en acción la policía universitaria).

—¡Sé que tú la tienes! —grita la chica blanca. Hay otra chica junto a ella, que parece estar conteniéndola—. ¡Dámela para que se puedan ir todos!

Jared corre hacia Dylan y se agacha frente a ella.

—Hola, ya llegué —dice posando una mano suavemente en su rodilla—. ¿Qué pasa?

Cuando Dylan levanta la cabeza y Jared ve que está llorando, un géiser de ira se dispara desde su torso, atraviesa su garganta y golpea su cerebro, donde le achicharra todo indicio de razón. No sabe quién hizo qué, pero ver lágrimas en la cara de Dylan lo hace querer incendiar todo el campus…, quizá todo el estado de Connecticut.

—Esa chica jura que le robé su *laptop* —dice Dylan—. Dice que fue al baño mientras se iban sus amigas y que cuando regresó ya no estaba.

Jared se asoma por encima del hombro para ver a la otra chica. Lo está fulminando con la mirada.

Muy bien.

—¿Ha pensado que quizá se la llevó una de sus "amigas"? —dice sin retirarle la vista de encima y lo bastante fuerte para que lo pueda oír. Luego, se vuelve de nuevo hacia Dylan para que nadie tenga duda del bando en el que está.

—Ay, definitivamente se lo sugerí —contesta Dylan—, pero no me quiso escuchar. Me dijo "perra negra" y llamó de inmediato a estos policías idiotas...

—No puede estar aquí, joven —dice uno de los oficiales, que acaba de aparecer por encima de su hombro derecho—. Esta es una escena del crimen.

Ese es el colmo.

—¿Disculpe? —dice Jared, y se levanta. Es más alto que el policía, y está claro por la manera en que retrocede el oficial que no esperaba esa diferencia—. ¿Dónde hay evidencia de un crimen, *oficial*?

—Esa joven dice que ella le robó la computadora...

—Y *esta* joven dice que no hizo tal cosa. ¿Ya le pidió a *esa* joven que llame a las amigas que la acompañaban para ver si alguna se la llevó por error? ¿O consultó a algún testigo?

—¿Estás tratando de decirme cómo hacer mi trabajo, hijo?

—No soy su hijo —dice Jared, con la sangre hirviendo—. Y, en todo caso, lo que estoy tratando de hacer es ayudarle a mantener su trabajo. ¿Sabe lo mal que luce que esté reteniendo a todas estas personas aquí por la acusación que está haciendo una chica blanca contra una estudiante negra sin nada de evidencia?

El oficial palidece.

—¿Qué es lo que está insinuando?

Alguien carraspea al otro lado de la sala.

—¿Alguien *vio* a esta joven tomar la *laptop* de la otra? —pregunta el otro oficial.

—No —dice alguien desde un rincón—. ¿Ya nos podemos ir?

—Lo siento, eso no será posible hasta que esto se resuelva.

Todos gimen de exasperación y vuelan los insultos.

—Qué mierda...

—Ni siquiera tenemos nada que ver...

—No es posible que sea legal que nos retengan aquí...

—Voy a hablarle a mi abuelo. Está en la junta di...

Suena un teléfono y corta la tensión. Es el de la acusadora. Contesta.

—¿Bueno?

El lugar se calla.

—Sí, aquí sigo —continúa—. Hay una chica que agarró mi *laptop* y no me la quiere... ¿Qué? ¿En serio? —Su rostro se pone blanco como el de un fantasma—. ¿Estás segura? —Mira a su alrededor—. Ok. Ya voy.

Cuelga. El silencio que la rodea es tan ruidoso que podrían ser truenos.

—Olvídenlo —dice, y empieza a recoger sus cosas.

—Ah, no —dice Jared—. Eso sí que no.

Se acerca a ella teléfono en mano. Cuando la chica se vuelve para mirarlo, Jared le toma una foto.

—¡Más te vale que la borres!

Intenta quitarle el teléfono, pero él lo pone fuera de su alcance.

—¿Alguien sabe cómo se llama esta joven? —pregunta Jared.

—Morgan Delaine —dice una voz. (Me encantan los soplones, piensa Jared).

—¿Y en qué año estás, Morgan? —le pregunta a la chica.

—Como si fuera a decírtelo. ¿Te quitas, por favor?

Jared no se mueve.

—Oficiales, ¿no ven que me están amenazando? —dice, rayando en la histeria—. ¿No van a hacer algo al respecto?

Jared se ríe.

—Cariño, estamos en un lugar lleno de gente que puede afirmar que nadie te está amenazando de ninguna manera. Sin embargo, te prometo que mi misión será asegurarme de que enfrentes consecuencias por la acusación y el insulto racista que le lanzaste a mi amiga. ¿Hay algo que le quieras decir, Dylan?

—Nop —contesta—. ¿Ya nos podemos ir? —pregunta mirando directo a los ojos al oficial que confrontó a Jared.

—¿Me imagino que ya apareció su *laptop*, señorita? —pregunta el otro oficial.

La chica (Morgan) se cruza de brazos y se niega a responder. Es un gesto tan John Preston LePlante IV que Jared siente ganas de gritar.

—¿Dios mío, podrías decir que sí y ya? —dice otro estudiante en algún lugar de la sala—. Ya nos queremos ir todos.

Morgan mantiene su mueca durante algunos segundos más y luego se le llenan de lágrimas los ojos.

—Ok. Sí.

—¿Sí apareció? —pregunta el otro oficial.

—¡Que sí!

Se deja caer en una silla y empieza a sollozar contra sus manos.

—Fantástico —dice Dylan mientras se levanta y agarra su mochila. Va directo a la salida—. Vámonos, Jared.

13 de abril

Querido Manny:

Primero que nada, voy a dejar caer la bomba: Dylan pasó la noche aquí.

—¿EH? —has de estar pensando—. ¿Cómo llegaron a ese punto tan rápido?

Pues es mucho más devastador que emocionante, razón por la cual te escribo de nuevo.

Anoche presencié el tipo de racismo que tú y Justyce estaban tratando de hacerme ver hace dos años y medio. No entraré en detalles sobre el incidente, pero en cuanto Dylan y yo regresamos a mi apartamento y la puerta se cerró detrás de nosotros, se... disolvió. Se dejó caer contra mí, llorando como nunca había visto llorar a nadie antes. Traté de llevarla al sofá, pero me pidió ir a mi cuarto.

—Por si está tu compañero o por si entra. No quiero que nadie más me vea en este estado.

De repente, estábamos echados en mi cama y yo la abrazaba mientras ella me empapaba la camisa de lágrimas. Y como que... ¡yo empecé a llorar también, Manny! Me sentía tan impotente, como si no pudiera hacer nada para consolarla, y todo el asunto estaba jodido, y estaba tan <u>furioso</u>, y todo se me juntó y decidió derramarse por mis ojos.

La última vez que lloré fue cuando me pusieron el DUI, pero la vez anterior a esa fue cuando me avisaron que habías muerto.

Hice mi mejor esfuerzo para que ella no lo notara, pero me dio una de esas inhalaciones sollozantes superfuertes y se me estremeció el pecho. Así que alzó la vista.

—Ay, dios mío, ¿tú también estás llorando? ¡Jared!

Se bajó de la cama y se metió en mi baño. Definitivamente entré en pánico —no está tan limpio como el de Justyce—, pero regresó con una caja de Kleenex.

—Guau, yo soy el que debería habértelos traído a ti —dije, mientras me movía para sentarme en el borde de la cama—. Claramente no soy bueno para consolar. Perdóname, por favor.

Eso la hizo reír.

—Pues yo como que estaba ENCIMA de ti, así que haremos como que no te podías mover —contestó—. Además, si crees que podría estar molesta contigo luego de todo lo que acabas de hacer... —Negó con la cabeza—. ¿Y ADEMÁS estás llorando conmigo?

Y entonces me echó una mirada. Y, sí, la ex me hacía ojitos todo el tiempo, pero qué diferente se siente cuando de verdad te gusta la chica que te está mirando como si fueras personalmente responsable por toda la luz en el mundo, viejo. De verdad sentí que me iba a explotar el pecho.

—¿Estás bien, Dylan? —le pregunté. Fue una pregunta estúpida para las circunstancias, pero no se me ocurrió nada más.

—Ahora sí —dijo, y se sentó junto a mí y apoyó la cabeza en mi hombro. Ni siquiera tengo palabras para describir todo lo que sentí, socio. Solo sé que es un momento que recordaré para siempre.

En fin, Dylan me miró a la cara otra vez y luego bajó la mirada hacia mis labios. Y por mucho que quisiera dejarme ir y besarla con todo —y todo habría sido MUCHO—, no pude. No tengo idea de cuándo me volví tan noble, pero el hecho de que acabara de pasar por algo tan horrible y fuera tan vulnerable me hizo apretar el botón de pausa.

Y resultó ser lo correcto. Le dije que si quería hablar de lo que estaba sintiendo, la escucharía sin comentar. Y al principio solo se apagó, pero entonces le conté cómo me había sentido cuando me enteré de que les habían disparado a ti y a Justyce, y de que tú no habías sobrevivido.

—Dylan, sé que yo nunca viviré el otro lado de esto ni entenderé cómo se siente estar en tus zapatos, pero si necesitas a alguien con quien compartir la carga, con gusto recibiré toda la que pueda.

Empezó a llorar otra vez.

Todo esto es tan feo, Manny. Me empezó a contar lo atrapada que se sintió en cuanto esa estúpida la acusó de ladrona y supo que no podía irse sin que la cosa empeorara. También me dijo que sabía que no podía hacer nada cuando la chica la insultó. "En cuanto le contestara me habría convertido en la mala, aunque no hubiera hecho nada malo".

Luego, cuando llegó la policía universitaria, de verdad vio su vida pasar frente a sus ojos. "Estas situaciones se pueden ir al carajo muy rápido", me dijo. Tenía razón. Lo que les pasó a ti y a Jus lo demuestra.

¿Sabes qué es lo peor de todo, Manny? Que cuando esa chica se dio cuenta de que se había equivocado, ¡ni siquiera se disculpó! ¡Simplemente iba a largarse sin admitir haber hecho NADA malo, y los policías la habrían dejado! ¿Te acuerdas del jugador de fútbol americano del que te hablé? ¿D'Squared? A pesar de que lo EXPULSARON, pidió una disculpa pública. Ya sabes, porque los mandamases no pueden permitir que el chico negro haga que el equipo o nuestra escuela "queden mal".

Durante el incidente, lo único que podía pensar —ya sabes, aparte de convertirme en Hulk y aplastar todo a mi alrededor— era lo absurdo que resultaba que esa chica blanca pudiera literalmente llamar a la policía universitaria (¡¡!!) sin NINGUNA EVIDENCIA para apoyar su denuncia, y Dylan tuviera que aceptarlo. Tal vez te suene inesperado, pero ayer en Derecho Constitucional salió a colación la cláusula de protección igualitaria de la Decimocuarta Enmienda, y de verdad siento que ahora entiendo por qué es tan importante. Literalmente nadie intentó defender a Dylan, Manny. En un lugar LLENO de estudiantes, ninguno de los cuales la había visto tomar la computadora, nadie dijo nada para apoyarla.

Eso estuvo muy mal, bro.

De vuelta a la pijamada: Dylan acaba de decirme cómo se siente y se vira para quedar de frente a mí.

—¿Te puedo besar? —preguntó.

—Eh...

(No fue mi respuesta más cool, pero dame chance, ¿sí? Acababa de resistirme a hacer exactamente lo que me estaba pidiendo y YO CREÍA que con buenas razones).

—De verdad quiero besarte, Jared —continuó—, y no solo porque hiciste de Capitán Salvador.

Yo le había dicho así apenas el día anterior (aunque ahora se sienta como una eternidad), así que tuve que reírme.

—Hablo en serio —dijo—. No es que sea una zorra, pero ya me entiendes. Sigo sin estar segura de por qué, pero me gustas, Jared. Esta ha sido una noche de mierda y me encantaría terminarla en otro tono—. Se acercó—. Entonces, ¿puedo besarte?

No tengo idea de qué dije, pero debe haber sido afirmativo porque nos empezamos a besar. Y, bro, sus labios son la cosa más jugosa, esponjosa y almohadosa que he tenido el placer de tocar con mis labios infinitamente inferiores. Sin embargo, a ella pareció gustarle, porque cuando nos separamos (pasó un rato, debo añadir) estaba sonriendo.

Entonces me preguntó si podía pasar la noche aquí.

—No quiero tener sexo ni nada, pero me siento muy segura contigo y como que lo necesito.

(Es muy directa esta chica).

Así que le di unos pantalones deportivos y una de mis camisetas, pedí comida tailandesa a domicilio y me enseñó Do the Right Thing, de Spike Lee (creo que necesito una carta entera para hablar de eso). Luego nos acurrucamos juntos y nos quedamos dormidos.

Se había ido cuando me desperté esta mañana, pero me dejó una nota (es la verdadera razón por la que te estoy escribiendo). La voy a pegar en el cuaderno para que la leas.

Querido Jared:

Primero que nada, gracias de nuevo por anoche. Eres muy lindo, y quedarme dormida junto a ti fue precioso. Silbas cuando estás en REM, por cierto. Es muy tierno.

En fin, quiero confesarte algo. Por mucho que agradezca todo lo que hiciste por mí, en cuanto se me bajó la adrenalina y desperté en tus brazos, sentí un poco de furia. Ahí estaba, sin haber hecho nada malo, y tú llegaste tan tranquilo, pusiste a esos policías en su lugar y obtuviste exactamente lo que querías.

Fue un recordatorio duro pero necesario de por qué decidí postularme a la presidencia del CSA. Por mucho que los estudiantes negros necesiten ver a alguien que se parezca a ellos en un puesto de elección del consejo universitario, los estudiantes blancos —los estudiantes de TODAS las etnias— también lo necesitan. Si hay algo que he aprendido en clase de la Dra. Yeh es que a veces tienes que tomar el poder y hacer los cambios que se alinean con la equidad y la justicia, sabiendo que la gente se ajustará tarde o temprano, en vez de tratar de que todo mundo lo acepte de antemano.

En otras palabras, te estoy muy agradecida de que fueras a rescatarme, pero también detesto que tuvieras que hacerlo. Quizá si las chicas como Morgan vieran a gente como yo en puestos que proyectan autoridad y respeto, ella no habría usado su boquita deslabiada (perdón, sigo de malas) para decir y hacer lo que dijo e hizo.

Dicho esto, por favor discúlpame por desaparecer mientras seguías dormido. Puedes marcarme o escribirme cuando despiertes.

Dyl

Luego de haber visto lo que vi, de que me abriera su corazón y luego leer esta nota..., bro, no puedo creer que vaya a escribir esto, pero de verdad creo que podría ser mejor candidata que yo para la presidencia del CSA.

La cosa es que, a pesar de que lo SÉ, de todos modos quiero ganar. Se sintió muy BIEN poner a esa tal Morgan en su lugar, que supiera que sus acciones no quedarán impunes y que no tiene ningún derecho a fingir que no pasó nada. Se sintió BIEN. Hasta JUSTO.

Entonces, ¿por qué me siento tan incómodo?

Quizá esté sintiendo cosas porque Dylan desapareció otra vez, aunque esta vez sí me dio explicaciones...

Voy a tratar de volver a dormir.

Te escribo pronto, supongo.

Jared

13 de abril

Querido Manny:

Sí, ya sé que te acabo de escribir hace unas horas, pero hubo un GIRO INESPERADO.

Mis papás vienen de visita. Mañana.

De nuevo, si estás con Dios o algo, dile que DE VERDAD me vendría bien un descanso de todas sus "pruebas" o lo que sean. Gracias.

Jared

10

Rectificar agravios

Jared se prepara lo mejor que puede para la visita de sus padres. De verdad que sí. Limpia su cuarto y su baño de cabo a rabo (aunque siente que lavar el aroma de Dylan de sus sábanas y fundas es como matar un sueño). Se corta el pelo y las uñas, y plancha sus pantalones y camisa. Revisa sus calificaciones y limpia la pantalla de su *laptop*, su celular y su tableta. Se asegura de estar listo para contestar cualquier pregunta que tengan sus padres sobre su vida escolar.

Y de verdad se siente listo. Da un par de las respiraciones estabilizadoras de la doctora Yeh de camino al restaurante en el coche que enviaron a recogerlo (lo que le parece ridículo, pero hasta consigue no pensar mucho al respecto). Y para cuando está frente al lugar, se siente moderadamente tranquilo. De hecho, cuando piensa que no ha visto a sus padres desde las vacaciones de primavera, se da cuenta de que medio los extraña. Quizá ellos lo extrañen también y por eso fueron de visita…

Entra con la frente en alto. Le da su nombre al *maître*, que contesta "Ah, sí, su familia ya lo está esperando" (foco rojo, pero no se da cuenta), y lo guían a través de la sala principal hacia un espacio más privado en el fondo.

—¡Ahí está el bribón! —exclama una voz que no esperaba oír.

Y así sabe que la noche se fue al infierno.

—Ven acá, malandro.

Alguien le atrapa la cabeza bajo la axila y le restriega los nudillos dolorosamente contra el cráneo.

Adiós a su peinado perfecto.

Jared trata con todas sus fuerzas de resistir el ataque sin hacer ruido, pero eso solo hace que el cretino que lo tortura le apriete el cuello más fuerte y presione aún más los nudillos.

Jared de pronto tiene once años de nuevo.

—¡Auuu, Justin! ¡Suéltame!

—¡Ya, niños! —suena la voz de papá.

Jared sabe que el viejo está disfrutando cada minuto de ver a su hijo mayor, su viva imagen, apalear al más joven y débil, que preferiría no reconocer como suyo, incluso si esta brutalidad está ocurriendo en un restaurante de dos estrellas Michelin.

—¿Pueden decirle que me suelte, por favor? —ruega Jared.

—Ya basta, Justin —dice su madre.

Justin lo suelta y luego lo empuja con mucha más fuerza de la necesaria.

—¿Y él qué hace aquí? —pregunta Jared mientras se sienta frente al idiota de su hermano. Por suerte la mesa es grande y redonda, y Jared está fuera del alcance de sus patadas.

Justin Paul Christensen le lleva ocho años y está felizmente casado con la chica con la que lo emparejó su papá cuando estaba en la universidad, solo que él fue a una Ivy completamente diferente, con una beca completa (y totalmente innecesaria) por mérito nacional. A pesar de todo eso y de su exitosísima carrera en un banco de inversión, Justin nunca dejaría pasar la oportunidad de causarle daño físico a su hermanito.

Jared lo odia.

—Tu hermano tuvo una junta de adquisición importante por aquí cerca... —empieza papá.

—Y, por supuesto, cerré el trato —dice Justin con una reverencia.

—¡Ese es mi chico! —exclama papá con voz fuerte.

—¿Tú cómo estás, cariño? —pregunta mamá.

La buena de mamá siempre recordando que Jared existe. Lo hace sentarse un poquito más derecho.

—Estoy bien, mamá. Gracias por preguntar.

—Tienes buenas calificaciones —dice papá (no es una pregunta).

—Este semestre tengo una materia que me está costando un poco, pero ahora tengo A- y 3.97 en general.

Papá asiente sin sonreír, sin decir "¡Bien hecho, hijo!".

—¿Qué materia es la difícil?

—Derecho Constitucional.

Papá bufa burlón y desvía la mirada. Le hace seña al mesero.

—¿Para qué rayos estás tomando esa mierda? —pregunta Justin mientras se reclina en su silla y se cruza de brazos.

—¿Ah, no sabías? —dice papá, con sarcasmo—. Jaredcito decidió que quiere ser abogado de derechos civiles. También se postuló a la presidencia de su generación y tiene algún tipo de agenda *woke*.

Y… ¿cómo se enteró papá? Jared definitivamente no se lo contó, ni a mamá (porque sabía que se lo contaría). Planeaba decírselo en algún punto. Solo esperaba a ganar primero.

—El presidente de su fraternidad me lo contó todo durante una llamada la semana pasada. Quería saber cómo iban a designar nuestra donación más reciente —continúa papá con cara de "Justo cuando creía que no podía estar más decepcionado…".

Justin se ríe con un ladrido:

—¿Eres idiota? ¿Qué dinero hay en derechos civiles?

—No todo en la vida es dinero, sabes —dice Jared, casi en un murmullo. Se siente aún más como un niño chiquito que cuando lo estaba despeinando. Le encantaría poder levantarse e irse de ahí.

—Ay, Dios mío, no me digas que te tragaste esa basura socialista —dice Justin.

El mesero aparece junto a la mesa.

—Para mí, un Macallan solo, seis onzas de su mejor pinot gris para la señora y una Perrier para el jovencito. ¿Justin? ¿De tomar?

—La verdad no quiero una Perrier —suelta Jared. Se siente bien desafiar tan abiertamente a papá—. Un ginger ale, por favor.

—Yo quiero un Woodford —dice Justin sin siquiera volverse hacia el mesero. Tiene una vibra muy John Preston LePlante IV, y Jared no lo soporta. Tampoco soporta que su rival siga apareciendo en su cabeza sin que nadie lo llame—. Ahora, cuéntame qué es esto de los derechos civiles —le dice a Jared.

—Sin ofender, Justin, pero no es de tu incumbencia —contesta Jared.

Papá y Justin cruzan miradas y todo le queda claro a Jared: invitaron a Justin a cenar para darle refuerzos a papá, para ser una voz opositora adicional a las decisiones de vida de Jared.

Debió haberlo imaginado.

El mesero regresa con las bebidas y les toma la orden a todos. La mayor parte del tiempo, papá y su hijo preferido se embelesan tanto hablando de finanzas que Jared consigue ser invisible. De vez en cuando, mamá estira un brazo para darle una palmadita en la mano. Y si bien su autoestima sale muy magullada —la cantidad de ataques pasivo-agresivos que le dirigen es abrumadora—, se siente aliviado de sobrevivir a la cena sin tener que hablar mucho.

Al llegar la cuenta, Justin la paga, y Jared se gira para esconder su mueca de fastidio fingiendo estirar la espalda. Ya casi acaba esa farsa de cena familiar. Solo unos minutos más en el coche con sus padres y podrá regresar a su vida muy separada y muy distinta.

Pero cuando el valet llega con el Porsche azul eléctrico grotescamente vistoso de Justin, papá le dice que deje a mamá en el hotel.

—Llego en un rato —le dice a mamá—. Me gustaría pasar un poco más de tiempo con nuestro hijo. Tal vez hasta dar un paseo por mis recuerdos. Le dije al chico Landis que me daría una vuelta por la casa de la fraternidad.

Así empieza una nueva ronda de horrores.

Papá recibe una llamada en cuanto se suben al coche que pidió y se queda al teléfono durante todo el trayecto de vuelta al campus. (Quizá Manny sí intercedió por Jared ante la entidad divina de allá arriba). Papá pide que los dejen en el colegio residencial en el que vivió durante los cuatro años, y durante los ocho minutos de caminata desde ahí hasta la casa de la fraternidad, el viejo recuerda sus experiencias como "universitario de primera generación de clase trabajadora, que recibía apoyo financiero y cuya única opción era tener éxito".

Mientras Bill Christensen, un hombre que siempre está completamente seguro del lugar que ocupa en el mundo, le habla de lo fuera de lugar que se sentía con los niños ricos con los que fue a la escuela, Jared piensa en lo irónico que es que su papá sienta tanto desdén por cosas como la equidad y la inclusión.

¿Por qué no querría que su hijo ayudara a los estudiantes que se parecen a lo que él era? ¿Solo porque son de otra raza?

Sin embargo, es otro hombre el que entra a la casa de la fraternidad y saluda a Hunter Landis como si él fuera su verdadero hijo y Jared solo un cachorrito callejero del que no se puede deshacer. Verlos abrazarse golpea a Jared como un puñetazo en el esternón y se le agolpan las lágrimas. Los sigue al interior de la casa, escuchando vagamente a papá preguntar si mantienen vivas ciertas tradiciones y a Hunter decir qué gran legado le gustaría dejar como presidente de sección.

—¿Qué hay de ti, Jared? —pregunta Hunter para traerlo de vuelta a la realidad.

—¿Eh?

Hunter sonríe, encantado de haberlo agarrado con la guardia baja frente a su padre.

—Ser presidente del Consejo de Segundo Año está *cool*, si quieres, pero seguramente pretendes seguir los pasos de tu papá y volverte presidente de esta organización, ¿no? Está en tu sangre, socio —le dice con un empujoncito en el hombro.

—Ah, sí —dice Jared—. Por supuesto.

¿Por qué miente? No tiene idea. Odia su fraternidad y lo que más querría en el mundo es librarse de ella. Pero... no puede decir eso, ¿o sí? No frente al hombre que ha pagado por su divina existencia.

Papá hace "jummm" y se cruza de brazos.

—Pues definitivamente tendrá que examinar algunos de sus principios rectores si quiere dirigir una organización tan rica e histórica como... —Suena su teléfono. (Jared de nuevo le agradece en silencio al cielo)—. ¿Sí, cariño? Sigo en la fraternidad... Está bien. Voy para allá.

—Mi esposa solicita mi regreso —le dice papá a Hunter al terminar la llamada—. Voy a acompañar a este muchacho a su apartamento y me retiro. Gracias por mostrarme el lugar y por dejarme revivir mis días de gloria por un momento.

—No hay problema, señor Christensen —contesta Hunter mientras llegan a la puerta principal—. Quizá pueda convencer a su hijo de..., ya sabe, participar un poco más en la fraternidad. —Le guiña un ojo.

Y de pronto están afuera, bajando los escalones del porche, alejándose de la casa. Tan cerca de la libertad que Jared ni siquiera puede forzarse a sentirse mal por la pedrada que le lanzó Hunter mientras partían.

—No hemos hablado de tu campaña —dice papá mientas se acercan al centro de estudiantes—. Hunter me envió algunas capturas de pantalla de tu plataforma.

Por supuesto que lo hizo, el muy soplón.

—¿Hay algo en específico que te interese saber al respecto? —pregunta Jared, intentando entrar en la conversación diplomáticamente.

—Pues…

Pero entonces alguien llama a Jared. Y antes de poder registrar lo que sucede, su cabeza y cuerpo están rotando hacia el sonido. Es la voz que oyó antes de quedarse dormido la noche anterior.

—¡No lo puedo creer! ¡Hola! —dice Dylan, acercándose de un salto y envolviéndolo en un abrazo—. Perdón por no haberme puesto en contacto hoy…

—¿Y quién es esta señorita? —pregunta papá. (A Jared genuinamente se le había olvidado que estaba ahí parado).

—Ay, lo siento. Dylan, te presento a mi papá, Bill Christensen. Papá, te presento a…

—Dylan Marie Coleman —dice Dylan, ofreciéndole la mano, pero él está demasiado ocupado alternando la mirada entre ella y Jared para notarlo. Dylan entiende la indirecta y deja caer el brazo—. ¿Un placer conocerlo?

Papá la barre con la mirada de una forma tan desaprobadora que Jared hace una mueca de dolor. Quiere decir algo, pero no logra que se muevan sus labios.

—Así que tú eres la que quiere volver obligatorios los "estudios étnicos" —dice papá.

Algo destella en los ojos de Dylan, pero sonríe.

—Bueno, ya que la mayoría global es étnica y culturalmente diversa, priorizar el aprendizaje sobre grupos diversos aumentará las posibilidades de éxito de los estudiantes en una época de globalización en aumento.

Papá literalmente bufa burlón. Luego se vuelve hacia Jared:

—¿Cuándo fue la última vez que hablaste con Ainsley, hijo?

—¿Eh? —contesta Jared.

Papá se ruboriza.

—¿Ainsley Cruz? ¿Tu novia?

—Ainsley *no* es mi novia, papá —contesta Jared con el pulso acelerado. No consigue obligarse a mirar directamente a Dylan—. Ya te lo había...

—Sí, bueno... —Papá sí mira directamente a Dylan, con más desprecio del que Jared ha visto en su vida—. Pues debería.

—Nos vemos luego, Jared —dice Dylan, y se va.

Papá empieza a caminar en dirección contraria.

Jared los mira y su mirada viaja del uno a la otra...

Y luego al uno...

Y a la otra...

Y con un suspiro baja la colina detrás de su papá.

11

Asistencia legal

Si Jared creía que ya se sentía mal por lo que había pasado con Dylan, la expresión en el rostro de SJ Friedman cuando se lo contó la noche siguiente lo hunde aún más.

—¿Podrías no mirarme como si hubiera matado un gatito a sangre fría? —dice.

—Y yo que creí que te estabas convirtiendo en un ser humano decente—. SJ niega con la cabeza—. No debí haber sido tan ingenua.

—No seas tan dura, nena —dice Justyce, pero sin despegar la vista del monitor de su *laptop*.

Justyce, SJ y Jared están en un café en la escuela de periodismo del campus de la universidad de SJ (que queda a poco más de una hora en coche). Jared los reclutó para ayudarle a prepararse para su debate presidencial. Tener amigos que son campeones de debate universitario tiene sus ventajas.

El problema es que Jared estaba tan distraído que SJ detuvo sus preparativos fallidos para poder indagar.

—A ver, déjame ver si te entendí bien —dice SJ mientras deja su lápiz sobre la mesa—. Tu papá la barrió como si fuera caca en la suela de su zapato, se burló abiertamente de su excelente argumento para un curso de estudios étnicos obligatorio, invocó a tu ex en su cara y tú… ¿no hiciste nada?

Jared entierra la cabeza entre las manos.

—Me petrifiqué, ¿sí? ¡No sabía qué hacer!

SJ respira hondo y se soba las sienes.

—*Sé empática*, Sarah-Jane —susurra.

—Mjm —asiente Justyce, todavía en su compu.

—Ok —empieza SJ—. Entiendo que estuvieras en una posición difícil.

"Bueno, esto es diferente…", piensa Jared, pero no lo dice.

SJ continúa:

—¿Pero te pusiste en contacto con ella para decirle algo de eso en cuanto regresaste a tu cuarto? Por favor, dime que por lo menos hiciste eso, Jared…

El silencio de Jared es tan atronador que Justyce, que normalmente es la mamá en su vida amorosa, al fin alza la vista de su *laptop*.

—¡No, viejo! ¿En serio?

—¡No me hubiera contestado!

—De todos modos pudiste haberlo intentado, *bro*. ¡Guau!

—Además, casi te garantizo que sí te habría contestado —dice SJ, especialista en meter el dedo en la llaga—. Honestamente, si la hubieras llamado en una ventana de tiempo breve y te hubieras disculpado profusamente, quizá habría sido comprensiva. Pero ahora estás jodido.

—Guau. Gracias, Sarah-Jane, por el firme voto de confianza.

SJ se encoge de hombros.

—De nada sirve que te pongas sarcástico conmigo. Yo solo te digo la verdad.

—Quizá no esté todo perdido, *bro* —dice Justyce—. Todavía tienen que completar ese proyecto, y además tienes que verla un montón para cosas de las elecciones, ¿no? Son bastantes oportunidades para volver a ganártela...

—Si es eso lo que de verdad quieres —interrumpe SJ con los ojos entornados—. ¿Lo es?

Y ahí está la razón número 342 por la que Jared Christensen tiene una relación amor/odio con SJ Friedman: es como si pudiera ver la parte de su alma que intenta mantener escondida hasta de sí mismo. Porque aunque la respuesta sea casi toda "Sí, definitivamente me gustaría volver a ganármela", también es... un poquito más complicada.

Francamente, si Dylan decidiera no volver a dirigirle la palabra, su vida sería menos complicada. Todavía tienen que completar el proyecto, sí, pero siempre y cuando cada uno haga su parte, no necesitan más comunicación, ¿o sí?

Quizá eso sea lo mejor. Todavía hay mucho que no sabe de ella y así ya no tendrá que preocuparse por cosas como sus antecedentes penales. No tendrá que andar a hurtadillas ni preocuparse por que lo desherede su padre. (Jared no duda que Bill Christensen sea capaz de dejar de pagar su colegiatura y borrarlo del testamento por salir con alguien que no aprueba). No habría más conflictos por un "romance tórrido con una rival política", como decía Justyce. Jared podría concentrarse por completo en ganar las elecciones sin sentir culpa.

Sin embargo, Dylan aún sabía algo sobre él que podría poner en riesgo su victoria. Si alzaba la voz sobre lo que le había contado, le causaría muchos problemas. Y no solo a él, todo el Consejo Estudiantil Universitario sería condenado por negar las acusaciones en su contra sin haberse asegurado antes de que en realidad fueran falsas. Sería muy fácil convertir esto en un asunto racial —sobre todo si tomaban en cuenta el destino de D'Squared— o en una denuncia del trato preferente que recibían los estudiantes de tradición académica. Ninguna opción era buena.

—¿Qué sucede ahí adentro, J? —pregunta Justyce para cortar su espiral descendente.

Jared sacude la cabeza para despejarla.

—Nada. Hay que preparar ese debate.

SJ hace una mueca de fastidio.

—Sí, claro. Hay que huir de nuestros sentimientos. ¿Qué tema quieres atacar primero, don Nada?

Jared la mira perdido.

SJ se vuelve hacia Justyce.

—¿De verdad me trajiste a trabajar con esto, Jus?

Justyce se encoge de hombros.

—Supongo que tendremos que empezar desde cero.

SJ gruñe:

—¿Alguna vez has visto un debate político? —le pregunta a Jared.

—Negativo.

—Dios mío, no tienes remedio. ¿Por lo menos sabes para qué son?

—Este… —Se voltea hacia Justyce sintiéndose un poquito avergonzado por lo poco que sabe de su pasatiempo favorito: Jus lleva en el equipo de debate de su universidad desde el verano anterior a su primer año—. ¿Para detallar los temas más importantes de un ciclo electoral?

—En sentido literal, sí. Pero, en esencia, tu objetivo es parecer la mejor persona para el puesto de entre las opciones disponibles. Lo que implica más que lo que dijiste —añade Justyce—. Sí, esa parte importa. Tu discurso tiene que ser lógico, estar basado en evidencias y articularse de un modo que sea conciso y fácil de entender. Pero también importa cómo hagas sentir a la gente.

—Viendo las campañas que publicaron —dice SJ—, tú y Dylan tienen algunas similitudes. Así que ella es tu principal preocupación en este debate. No importa cuánto nos esforcemos por afinar tu retórica y por inyectar resonancia emocional en tus respuestas, tendrás que estar atento para asegurarte de que lo que digas difiera de lo que diga ella, o lo mejore.

Eso le acelera el pulso a Jared. Ha estado tan ocupado pensando cómo apalear a John Preston que no se le había ocurrido que la mayor amenaza a su victoria sería la persona que comparte algunas de sus opiniones.

—Pero ¿y LePlante?

—Sus opiniones son tan distantes de las tuyas que no tienes que preocuparte por destacar frente a él —contesta SJ.

Jared mira el monitor de su *laptop* abierta y ojea las páginas de campaña de sus oponentes. Los planes de John Preston abarcan disolver todas las materias obligatorias, derogar y penalizar cualquier política o práctica de acción afirmativa restante en el proceso de admisión, desbandar y prohibir todos los grupos basados en raza y etnia en el campus, y expandir la policía universitaria para que "su presencia sea disuasoria a la actividad criminal".

Curiosamente, al revisar la plataforma de Dylan, sí hay algunos puntos que se alinean con cosas que a él le gustaría que se implementaran: los dos quieren formar equipos de reclutamiento para atraer más aspirantes de grupos demográficos subrepresentados, y los dos quieren implementar el reconocimiento de otras fiestas religiosas, como Eid al-Adha, Yom Kippur y Diwali, en toda la universidad. Pero algunos de los puntos de campaña de Dylan se sienten tan intensos como los de John Preston. Por ejemplo, quiere formar un comité que "supervise todos los eventos sociales de las fraternidades y sororidades para garantizar que no se cometan ni defiendan actos ni temas racistas". Jared entiende la intención, pero siente que es una pendiente resbaladiza.

—Hay que tener cuidado —dice SJ para interrumpir su reflexión—. Parece que está pensando. Ya sabemos lo peligroso que puede ser eso.

Justyce bufa burlón.

—¿En serio, Jus? —dice Jared.

—Perdón, viejo. Tienes que admitir que fue en el momento perfecto.

Jared suspira.

—Esto se siente… precario —dice—. O sea, al leer las otras campañas, definitivamente entiendo lo que dices de que las ideas de John Preston están en el opuesto extremo del espectro, pero…

Se detiene.

—¿Pero qué? —pregunta Justyce.

¿Debería decirlo? Tiene que hacerlo, ¿verdad? Sus amigos están ahí para ayudarlo.

Respira hondo.

—Pues pienso que algunos de los planes de Dylan también me parecen un poquito extremos.

Justyce arquea las cejas, lo que hace que Jared quiera tragarse todas sus palabras y echarlas a un inodoro por el otro lado.

—Continúa —dice Justyce.

—Digo, la parte en la que quiere exigir "total transparencia" de parte de la universidad en cuanto a los datos de donaciones y admisiones. Parece violación de la privacidad…

—Mmm… ¿en serio? —dice SJ—. A mí me parece un intento por evitar que la gente compre su lugar.

Definitivamente no va a ganar esa batalla. Pasa a lo siguiente.

—Bueno, ¿qué tal su propuesta de que todo el cuerpo docente esté obligado a tomar formación en DEI cada trimestre? Se siente *un poquito* exagerado, ¿no?

Contiene el aliento.

Justyce arruga la cara para pensar.

—Que sea obligatorio es un poco agresivo, en eso estoy de acuerdo. Pero sí entiendo el espíritu detrás de la idea. ¿Tú no?

—Claro que sí —contesta Jared.

—Entonces *eso* es en lo que te tienes que concentrar.

Y entonces se da cuenta: de los tres candidatos en la campaña, él es el más moderado. El más sensato, incluso. Todos sus objetivos implican tomar pasos viables para diversificar el cuerpo de estudiantes y aumentar el respaldo y la visibilidad de las organizaciones que sirven a los estudiantes que no son ricos, heterosexuales y blancos.

Pero… ¿bastará con eso? ¿Acaso debería, como Dylan, exigir una mayor transparencia en las admisiones? Mejor aún, *¿podría?* Sí, él tenía las credenciales para entrar por mérito, pero mentiría si dijera que no sabía que la empresa de su papá había hecho una donación significativa cuando lo difirieron.

Esas cosas eran mucho más complejas de lo que nadie quería admitir. ¿Acaso la "justicia" era siquiera plausible en un sistema tan viejo y enrevesado como el que tenían?

SJ habla de nuevo:

—Bueno, ¿qué tal si empezamos a pensar respuestas a asuntos que tus oponentes están tratando y tú no?

—¿Como qué?

—Como las admisiones por tradición académica —dice Justyce enfáticamente— y los programas de DEI.

Dos cosas que había dejado fuera deliberadamente.

Deja caer la cabeza sobre la mesa con un golpe seco y, en cuanto cierra los ojos, ve la cara de Dylan.

¿A quién quiere engañar? Claro que quiere volver a ganársela.

Pero primero tiene que ganar las elecciones.

16 de abril

Querido Manny:

Ahora, antes de empezar, quiero advertirte que estoy tan molesto como lo estaba cuando nos metimos en esa pequeña riña (o sea, cuando me pateaste el trasero) en la cancha de básquet en último año.

¿Qué fue lo que me empujó a las llamas de la ira esta vez? Tras una discusión enfurecedora en Derecho Constitucional —sobre un profesor negro que fue despedido por su directora negra por usar, DURANTE EL MES DE LA HISTORIA NEGRA, un libro sobre un niño negro en una clase compuesta mayoritariamente por estudiantes negros, porque uno de los dos únicos estudiantes blancos del grupo se quejó con sus padres ("Bueno, si se hubiera apegado al plan de estudios, esto no habría sucedido", afirmó John Preston antes de que me le fuera encima y me largara)— estaba cruzando el campus de camino a mi apartamento cuando vi a Dylan charlando y riéndose con un grupo de estudiantes negros. Para ponerte al corriente, tuvimos un incidente con mi papá, y luego de discutirlo con Justyce y SJ mientras trabajábamos la estrategia para mi debate hace un par de noches, intenté contactarla un par de veces y hasta le mandé una disculpa por mensaje de voz. Y me dejó en visto.

Así que la llamé y me acerqué trotando.

Y, pues sí, admito que no se veía precisamente CONTENTA de verme... Tenía los brazos cruzados y no sonreía, pero no esperaba que fuera tan grosera. O sea, le pregunté si le habían llegado mis mensajes y lo único que dijo fue "Sí", sin decirme cómo la habían hecho sentir o si aceptaba mis disculpas. Y entiendo que no me DEBA nada de eso..., pero es la misma chica que me llamó para pedirme ayuda y durmió en mi cama hace cuatro días.

Hice lo mejor posible por tragarme mi orgullo, ¿sabes? El ambiente se había puesto muy callado, pero traté de ignorarlo.

—¿Estás lista para el debate de mañana? —pregunté.

—Tan lista como tú —contestó.

Mirando atrás, esa fue mi indicación de que aceptara mis pérdidas y me largara. Pero no pude, Manny. Solo quería que me dirigiera la palabra. Así que cambié de táctica:

—¿Podemos reunirnos para ver lo de los libros que nos faltan para acabar con el proyecto de Yeh?

—¿Seguro que no necesitas permiso de tu papá?

Sé que me puse rojo, pero me aguanté. Fue un golpe bajo, pero no totalmente injusto. Si solo hubiéramos sido los dos, hasta se lo habría dicho.

Sin embargo, no solo éramos nosotros dos, Manny. Algo que me recordó uno de sus amigos al decir "¡Carajo!". Eso inició lo que sentí como una avalancha de insultos. Otro tipo dijo "¿Tan mal está?", seguido de un "Espérate, ¿en qué jodido año estamos?", y de un "Mejor pregunta qué edad tenemos".

La cereza del pastel fue la última chica en hablar. ¿Sus palabras? "Amiga, te dije que no te metieras con blanquitos ricos".

¿Qué carajo, viejo? Ni siquiera los CONOZCO y ¿andan comentando mi vida y diciendo cosas de mí sin NADA de información? Dylan, por supuesto, se quedó ahí parada con rostro de piedra. ¿Supongo que me estaba dando un poco de mi propia medicina? (Parece muy bajo para ella, pero ¿quién soy yo para juzgarla?).

Conseguí sacar un "Avísame cuando estés libre para poder acabar esa cosa" antes de darme vuelta y alejarme. Pero, en serio, ¿cómo se atreven a decir esas cosas ENFRENTE de mí? ¡¿Acababa de salir furioso de una clase por defender las acciones de un hombre negro de los prejuicios de un idiota y esta gente a la que nunca había ni VISTO me trata como si fuera un hijo de papi mimado incapaz de tomar sus propias decisiones?! Y si supieran el infierno por el que paso tratando de defenderlos a ELLOS —sabiendo perfectamente bien que me está costando el respeto de mi papá—, ¿les importaría?

No estoy buscando una galleta, como diría SJ, pero, bro, NADA de esto es fácil. Sí, tengo privilegios que no me gané, y sí, empecé la carrera con ventaja. Pero sigo siendo un ser humano, igual que ellos. Uno que se está esforzando por conseguir cambios positivos para la gente que NO tiene mis privilegios ni TAMPOCO empezó con ventaja: es decir, para gente como ellos. ¿Es mucho pedir que me traten como persona?

Voy a salir a correr. Gracias por escuchar.

Sinceramente,
Jared

12

Juicio público y expedito

Cuando lo analice después, Jared se percatará de que no había manera de que el debate presidencial para el CSA saliera todo a pedir de boca. El problema es que permite que su excelente mañana e inicio de la tarde lo hagan caer en la trampa de sus ilusiones.

SJ falta a sus clases para ayudarle a prepararse, lo que incluye evitar que use una colonia que le dio su papá porque dice que le hace oler a "juez corrupto de la Corte Suprema que usó sus privilegios para evadir cargos por abuso sexual".

Mejor le rocían algo de Justyce.

Y, aunque entre los dos lo hagan practicar hasta el sudor mientras lo visten, al mirarse al espejo —luego de que Justyce le ate la corbata, le alise las solapas del saco color carbón y le meta el pañuelo azul cuadriculado en el bolsillo— se impresiona. Se ve bien.

Pero cuando termine todo, Jared estará furioso consigo mismo por haber creído que su estética importaría. Se sentirá idiota por haber creído que el acomodo del escenario —tres podios colocados en un ligero arco, con él y Dylan en los extremos y John Preston en el centro— le daba cierta ventaja. Se llevará la palma a la frente al recordar la manera en la que sonríe al ver el trío diverso de moderadores (Ari Park y la vicepresidenta y el tesorero en funciones del CEU: una chica mexicanoamericana ella y un chico blanco él). Y odiará el hecho de que haber visto a sus amigos —Justyce, SJ, Amir, Pat, Robbie, Roger y Aaron— sonriéndole desde la primera fila, detrás de los moderadores, lo tranquilizara.

Lo peor de todo es que va a querer patearse cuando piense en cómo se relajó luego de arrasar por completo con las primeras preguntas (si la manera en que su equipo asiente y le enseña los pulgares en alto es una buena señal). Eso lo hizo sentirse confiado. Y luego de hablar a favor de aumentar el apoyo a las organizaciones estudiantiles basadas en marcadores de "afinidad", como la etnia o la orientación sexual, le dedica una sonrisa a Dylan.

El problema es que ella no lo ve. Está completamente concentrada en los moderadores.

Pero John Preston LePlante IV sí que lo nota.

Y todo se va al carajo.

MODERADORA 1

Señor Christensen, parece importarle mucho la experiencia estudiantil. ¿Cómo planea aliviar las cargas que sienten los estudiantes menospreciados y subrepresentados en este campus?

JARED

Bueno, mi plan es…

JOHN PRESTON

¿Puedo contestar primero?

Los moderadores miran a Jared como preguntando "¿Y bien?".

JARED

Este… ¿supongo?

JOHN PRESTON

Genial. Esta pregunta contiene un par de falacias lógicas. En primer lugar, nadie aquí es "menospreciado". En segundo, el grupo que en realidad está subrepresentado aquí son los estudiantes blancos. Conformamos más del 75 % de la población total de los Estados Unidos, pero ni siquiera alcanzamos el 56 % del estudiantado en este campus. En contraste, los asiáticos conforman alrededor del 7 % de la población total de los Estados Unidos, pero representan casi el 17 % de los estudiantes aquí. E incluso hay más estudiantes internacionales: más del 22 %. Por lo tanto, la pregunta, tal como la plantearon, no es contestable, pues sugiere una realidad falsa.

JARED

Este…

DYLAN

Si se me permite, me gustaría contestar la pregunta tal como fue planteada.

MODERADORA 2

Adelante, señorita Coleman.

DYLAN

Gracias. En primer lugar, me gustaría agradecerle por la retórica que eligió, presidenta Park. Como miembro de un grupo racial que conforma más del 13 % de la población de los Estados Unidos, pero menos del 7 % de nuestro estudiantado, puedo asegurarle que hay muchos estudiantes provenientes de entornos marginados que sí se sienten ignorados y menospreciados.

JOHN PRESTON

Estamos hablando de hechos, no de sentimientos…

DYLAN

(*haciendo como si no existiera*)

Como los seres humanos somos mucho más que meros datos demográficos, creo que lo primero es preguntarles a esos estudiantes qué necesitan. El objetivo de un representante de generación debería ser escuchar las preocupaciones y representar los intereses de la mayor cantidad posible de miembros de esa generación.

MODERADOR 3

(*con cara de estar impresionado*)

Bien dicho, señorita Coleman. Ahora, nos gustaría pasar a una pregunta basada en el lenguaje que usó usted en su campaña, pero preferiríamos planteársela al señor LePlante primero.

John Preston se yergue, y Jared baja la cabeza para que los moderadores no vean su mueca de exasperación.

MODERADOR 3

Señor LePlante, la señorita Coleman ha propuesto un curso obligatorio de estudios multiculturales para el programa de licenciatura. ¿Usted cree que esto sería beneficioso para el estudianta…

JOHN PRESTON

De ninguna manera. De hecho, cuando me elijan presidente, todas las horas de clase de "tronco común" serán eliminadas. Al estar pagando por estar aquí, los estudiantes deberían ser libres de tomar las materias que prefieran.

DYLAN

Eso no funciona en una universidad acreditada a nivel regional que ofrece programas de grado específicos. Pero adelante, si eso crees.

Una oleada de risa recurre la audiencia, y John Preston se pone rojo y se aferra a los bordes de su podio.

MODERADORA 1

(*sintiendo la tensión creciente en el lugar*)

¿Señor Christensen? ¿Usted qué opina?

JARED

(*traga saliva*)

Aunque reconozca la necesidad de cursos obligatorios —demostrar que puedes hacer matemáticas y leer y escribir en inglés es importante—, me preocupa que aumentar esa carga podría resultar demasiado para los estudiantes…

JOHN PRESTON

¡Por fin habla como si fuera sensato!

JARED

Socio, no estoy de acuerdo contigo…

DYLAN

Pero literalmente lo estás.

MODERADOR 3

¿Usted qué opina, señorita Coleman?

DYLAN

La gente lucha con uñas y dientes por entrar en esta escuela por su reputación de excelencia. Tomando en cuenta que nuestro lema es "Luz y Verdad", creo que exigir un curso de un único semestre, con el objetivo de prepararnos mejor para prosperar en un mundo multicultural, encaja con nuestro *ethos*.

MODERADORA 1

(*sonriendo abiertamente*)

Muy bien. Gracias.

MODERADORA 2

Última pregunta, y cualquiera puede…

JARED

Esperen, ¿puedo contestar yo?

MODERADOR 3

Lo siento, señor Christensen, pero tenemos que continuar.

JARED

(*empieza a quebrarse*)

Oye, ya van cuatro veces que me interrumpen…

JOHN PRESTON

Así funciona el debate político a la antigua en Estados Unidos, amigo.

DYLAN

Eso es rotundamente falso desde el punto de vista histórico, pero, si no les molesta, creo que nuestros amabilísimos moderadores quieren pasar a otro tema, caballeros.

JOHN PRESTON

¿Acaso detecto adulación, señorita Coleman?

DYLAN

No uses palabras que no sepas escribir, cariño. (*A la Moderadora 2*) ¿Decía, señorita vicepresidenta?

Jared se aferra al podio para contener su ira, y luego se siente enrojecer al darse cuenta de lo similares que John Preston y él deben parecerle a la audiencia.

MODERADORA 2

(*carraspeando y conteniendo una sonrisa*)

Nuestra última pregunta: con el reciente fallo de la Corte Suprema en contra de las consideraciones de raza para las admisiones universitarias, muchas personas están pidiendo también que terminen las admisiones por tradición académica. ¿Ustedes qué opinan?

JOHN PRESTON

Sin comentario de mi parte porque es irrelevante. Las admisiones por tradición académica siempre han formado parte de la grandeza de esta escuela, y no hay ninguna razón para que eso cambie.

JARED

(*se espabila*)

No es irrelevante. Las preocupaciones de todos los estudiantes deben ser consideradas válidas para que continúe la "grandeza de esta escuela".

DYLAN

Eso no responde la pregunta.

JARED

(*Resistiendo el impulso de pedirle que deje de ser tan cruel… ¡Se supone que están en el mismo equipo!*)

Respondiendo la pregunta, creo que es necesario comprender CÓMO la tradición académica influye en las admisiones antes de tomar una decisión.

DYLAN

Todavía no contestas la pregunta.

JARED

(*a Dylan*)

Oye, ¿qué te pasa?

Dylan y Jared cruzan miradas, y el lugar queda tan callado que podrías oír el pedo de un ratón.

DYLAN

Sus dos padres son exalumnos, ¿no es cierto, señor Christensen?

JARED

(*sonrojándose*)

Es correcto.

DYLAN

¿Y su padre es exalumno también, señor LePlante?

JOHN PRESTON

Padre, abuelo, bisabuelo y cuatro tíos, para ser precisos.

DYLAN

¿Cómo se hubiera sentido si no hubiera entrado, señor Christensen?

JARED

O sea, sí me difirieron cuando me postulé temprano…

DYLAN

¿Y eso le molestó?

JOHN PRESTON

¿Qué caso tiene esta entrevista a la Barbara Walters?

MODERADOR 3

Su falta de civilidad es anatema para esta organización, señor LePlante. Es libre de retirarse si no puede respetar las reglas de convivencia.

Jared no oye el resto del regaño. Está demasiado consciente de los ojos de Justyce McAllister y SJ Friedman sobre él. Ambos fueron testigos de su reacción cuando lo difirieron. Es uno de sus recuerdos más vergonzosos.

JARED

Sí, me molestó.

DYLAN

Y sin embargo, aquí está.

(*pausa*)

¿Y usted, señor LePlante? ¿Cómo se hubiera sentido de no haber entrado?

JOHN PRESTON

(*burlón*)

Eso no habría sucedido ni en un millón de años.

DYLAN

Debe haber sido lindo postularse a una universidad de este calibre con tanta seguridad.

Nadie respira.

DYLAN

Terminar con las admisiones por tradición académica, que para mí significa no permitir que los postulantes no calificados entren solo porque sus padres también estudiaron aquí, es cuestión de asegurarnos de que NADIE tenga una ventaja injusta. Si mi raza no puede ser tomada en cuenta, el hecho de que el abuelo Ron estudiara aquí tampoco debería. Si esta institución pretende medir a todos los estudiantes con la misma vara alta, tiene que empezar desde las postulaciones.

MODERADORA 1

Y con eso se termina nuestro tiempo…

JOHN PRESTON

Esperen, ¿de verdad la van a dejar mezclar dos conceptos *totalmente* diferentes…?

JARED

¿*Bro*, por qué no te callas?

MODERADORA 2

Pueden retirarse. Me tengo que ir.

MODERADORA 1

Yo también.

DYLAN

(*al pasar junto a Jared de camino a la salida*)

Buen trabajo, campeón. Suerte en las urnas.

Y ahora, un breve intermedio.*

*Esta es la parte en la que nuestro desconcertado antihéroe vuelve tranquilamente a sus viejos patrones y toma una serie de decisiones, cada una peor que la anterior, que incluyen, pero no se limitan, a ir directamente a la casa de la fraternidad de traje (ya saben, para la fiesta de Spring Sting que él planeó); empinarse todas las bebidas que le extendieron; darles tragos de gelatina a conocidos de la secundaria; encender un montón de fuegos artificiales que estaban escondidos en el sótano de la casa de la fraternidad; hacer una bomba de hielo seco y echarla en el basurero; besar a Ainsley Cruz en cuanto la vio (se arrepintió MUCHO de esa); ofrecerle marihuana a la policía universitaria, que se había presentado para decirles que bajaran el tono, y luego fingir que era broma; salir de la casa con una botella de tequila abierta en la mano; darle tragos descarados en la calle; robarse una bici cualquiera, chocar contra unos arbustos y abandonarla ahí; vomitar junto a una patrulla universitaria afortunadamente vacía; gritarle a una linda pareja que se besuqueaba en un banco; darle otro trago descarado a su botella y abrir los brazos como bufón de la corte cuando se volvieron para mirarlo; orinar en un lugar que definitivamente no era un baño y disculparse profusamente con un árbol.

Dirá que "reconoce el grave error" de sus acciones y que "sabe que es poco probable" que "sufra cualquier consecuencia", y también que está "hiperconsciente de lo jodido que está eso" y que está "comprometido a mejorar".

Supongo que ya veremos…

TERCER ACTO

Ganadores y perdedores

13

Por causa probable

El silencio en el interior del coche de Justyce es tan denso que Jared está mil por ciento seguro de que se va a sofocar.

—Música —gime, tratando en vano de alcanzar la perilla del radio.

—Ey, definitivamente estás frito si crees que vas a andar encendiendo *mi* sistema —dice Justyce sin quitar la mirada del camino—. ¡Ya sabes que nunca debes tocar el radio de un hombre negro, Jared!

Jared suspira y deja caer la barbilla sobre el pecho.

—Perdón. Está muy callado aquí.

—Sopórtalo —contesta Justyce—. Además, no puedo arriesgarme a poner algo y sacarte de tu equilibrio, porque si vomitas en mi coche, mi Martin Luther King interior se tomará un descanso y el buen Huey P. Newton saldrá con los puños en alto.

El estómago de Jared se revuelve como si también quisiera sacar cosas en alto.

—Entendido.

—Además, ya casi llegamos —dice Justyce. La atmósfera del coche cambia un poco, pero Jared está demasiado borracho para cuestionarlo, incluso en su mente—. Este… ¿no hay nada que quieras decirme?

—¿Eh?

Jared abre los ojos y ve a Justyce estrujando el volante. ¿Por qué luce tan nervioso?

—Digo, seguro vas a privarte en cuanto lleguemos. Así que, si quieres contarme algo de tu noche…

Jared no contesta.

—Solo digo que ahora sería buen momento. Si hay algo que necesites procesar.

Jared sigue mudo.

—Ya sabes… ¿Algún encuentro fortuito?

—Solo necesito dormir —contesta Jared mientras recuesta la cabeza hacia atrás y cierra los ojos.

Pero está despierto, y mucho más sobrio que cuando Justyce lo arrastró al coche desde la base de la fuente de la biblioteca. Porque Jared sí tuvo un encuentro "fortuito". Uno que lo afectó tanto que terminó la botella de tequila que se había llevado de la casa de la fraternidad… y luego trató de regresar por otra.

Solo llegó hasta la biblioteca. Y poco después de llegar (o al menos cree que fue poco después) supo que ese era el final de su noche. Así que llamó a su compañero de cuarto, le compartió su ubicación, se metió el celular en el bolsillo y cerró los ojos para flotar hacia el olvido mientras esperaba a que lo rescataran.

Pero el olvido ya no es opción, porque si Justyce ya sabe de su encuentro fortuito…, ¿cuántos más lo sabrán?

No se siente seguro para levantar la tapa de su memoria hasta que está encerrado en su cuarto. Durante su paseo ebrio y a la deriva por el campus —de traje, con una botella de licor abierta en la mano justo después del debate presidencial transmitido en vivo…, ¿qué carajo le pasaba?— sintió muchas ganas de orinar. Así que se detuvo e hizo lo suyo en un árbol detrás de una de las residencias, luego se disculpó con él y le dio el mejor abrazo de su vida vegetal.

Y todo habría estado bien (quizá) si nadie lo hubiera visto. Pero lo vio la peor persona posible.

—Dios mío —oyó una voz por encima del hombro.

Él seguía abrazando el árbol… con el cuello de la rechoncha botella marrón apretado en la mano izquierda. Y los pantalones abiertos.

—Puede que este sea un nuevo nivel de bajeza incluso para ti, hijo de papi.

Y cuando Jared se giró para mirarla a los ojos —porque al menos le debía eso, ¿no?—, Dylan Marie Coleman tenía el celular en la mano y lo estaba grabando. (O eso cree).

Jared estaba demasiado sorprendido para hablar.

—Guau, *bro* —dijo una segunda voz. Jared había estado tan concentrado en Dylan que no había notado que no estaba sola—. Y yo que creí que tenías más clase que los típicos blanquitos ricos de por aquí. —Imani Williams ("de Derecho Constitucional", le recordó una parte no intoxicada de su cerebro) lo barrió con la mirada y frunció el ceño—. Sin ofender, pero te retiro el respeto.

—Bueno, al menos no está conduciendo —dijo una tercera (¡¡!!) voz. Era una chica que Jared no reconoció, lo que le dio una extraña sensación de alivio.

Pero entonces Dylan bufó burlona:

—Seh, no lo creas incapaz. Es *genial* ser blanco, ¿no, Jared? Conducir borracho, orinar en árboles… ¿Cuánto tiempo llevas vagando con esa botella en la mano? ¿Nadie ha tratado de detenerte?

Jared no dijo ni pío. (La respuesta era que no. Nadie había tratado de detenerlo. Y ni siquiera él se lo creía, pero era verdad).

Dylan negó con la cabeza:

—Material para la presidencia, damas y caballeros.

Bajó el teléfono y lo miró a los ojos, pero él estaba demasiado ido para leer su expresión.

—Vámonos —les dijo a sus amigas. Y las tres se perdieron en la noche.

Antes de poder pensarlo mucho, Jared va hacia su escritorio y abre su *laptop*.

Unas noches atrás, mientras prácticamente se volvía loco luego de que Dylan no hubiera contestado su disculpa por mensaje de voz, Jared decidió hurgar en internet para ver si podía averiguar más cosas sobre aquel delito de lesiones calificadas.

Luego de desembolsar otra pequeña fortuna a otra página de archivos legales, encontró el nombre de la presunta víctima del caso: Marquis Jonathan Barry.

Y cerró su *laptop* de inmediato.

¿Pero ahora? Jared tiene que saber con quién está lidiando. Lo filmó (o eso cree). Y está claro que Justyce sabe que pasa algo… ¿Ya vio el video? ¿Y si Dylan ya lo subió a las redes? ¿Lo estaba transmitiendo en vivo? ¿Hasta dónde ha llegado?

Abre un navegador y busca al tal Marquis.

Lo primero que nota es que es un tipo muy guapo. Es atleta en dos deportes diferentes en la antigua escuela de Dylan, y Jared puede ver sus posiciones —corredor y ala pivote— y sus estadísticas. Está hecho con el mismo molde que Dionte: 6 pies 4 pulgadas, 221 libras de acero puro. Aparece sin camisa en un resumen digital de "Fenómenos universitarios" en la página de ESPN, y su abdomen es una pared de ladrillos.

¿Y a él fue al que Dylan Marie Coleman "hirió ilegalmente"? El tipo tiene cara de poder aplastarla con un solo bíceps.

Antes de que pueda pensarlo demasiado, Jared encuentra una de sus cuentas en redes, lo sigue y le escribe un mensaje directo para pedirle hablar con él.

Es un tiro al vacío en plena oscuridad, y Jared lo sabe. Lo sabe tan bien como sabe que debería dejar el asunto y permitir que las cosas salgan como salgan en las elecciones. Quizá podría "sufrir las consecuencias por una vez en la vida", como diría SJ. Además, seguro que Marquis Barry recibe una tonelada de mensajes de solicitud de conversación y no tiene razón para siquiera abrir la que le envió un blanquito cualquiera en New England. Mucho menos para responderle.

Pero, aun así, Jared presiona enviar. (Por supuesto que lo hace).

Luego, vagamente aliviado, cierra la *laptop*, se quita el traje que nunca podrá usar de nuevo —demasiados recuerdos vergonzosos bordados en esa tela— y se mete a la cama.

Cae dormido antes de que su cabeza toque la almohada.

Cuando lo despierta la respuesta, entra en pánico. Todo se ve muy distinto cuando su cerebro no está atrapado entre las garras de la paranoia ebria. Y a pesar de sentir que su cabeza ha sido empalada en una púa de ferrocarril, reconoce lo acosador que suena que le haya enviado un mensaje al tipo a medianoche, preguntándole si pueden hablar.

Por eso, su respuesta lo agarra desprevenido.

Sí viejo, podemos hablar.

Te busqué y vi dónde estás y qué haces y quiénes son tus oponentes, así que estoy bastante seguro de qué quieres hablar. Tímbrame a las 11.

Y ahí está su número.

Jared pasa las siguientes dos horas discutiendo en su mente si debería usarlo. No ha recibido correos ni llamadas del CEU, y la única persona que está ocupando su bandeja de recibidos es Ainsley (¡¿*Por qué la besó anoche*?!), así que quizá Dylan no ha intentado forzar un ajuste de cuentas…

(Jared todavía no se atreve a hablar con Justyce, pero ese es otro tema).

Sin embargo, a pesar de la falta de repercusiones, Jared también está seguro de que Dylan tiene la evidencia de sus malos pasos. Porque ¿por qué no la tendría? Así que, a las once en punto, Jared marca el número que quizá memorizó y se lleva el aparato al oído.

Suena una… dos… tres veces… cuatro…

Lo aleja y está a punto de colgar cuando suena un "¿Bueno?" en un susurro afónico.

—¿Bueno? —dice Jared—. ¿Habla Marquis? —Lo pronuncia *Markwís*—. Soy Jared.

—Ustedes los blancos no pueden leer un nombre negro ni aunque les vaya la vida en ello. Es *Márkis*.

Jared se llena de vergüenza y se da una palmada en la frente.

—Lo siento, viejo.

—Nah, no pasa nada.

Y entonces el teléfono empieza a hacer *bup* en su oído. Marquis está solicitando llamada de video.

Eso es un poquitín más íntimo de lo que Jared preferiría, pero acepta. Es obvio que Marquis se acaba de despertar, pero mientras se sacude el sueño de los ojos (y, vaya, qué tipo tan guapo) dice:

—Déjame adivinar, alguien le rompió las ventanas a tu coche.

—Espérate, ¿eso fue lo que te hizo a ti? —pregunta recordando el cargo por daños a la propiedad.

—Nah, pero la creo muy capaz —contesta Marquis—. Definitivamente tiene mal genio.

—Estamos hablando de Dylan Marie Coleman, ¿verdad?

¿Se siente ridículo por preguntar? Claro. Pero tiene que estar seguro, ¿no?

—¿Por eso me escribiste?

—Sí.

—Bueno, pues de ella estamos hablando, ¿no? —Marquis se ve perturbado, pero continúa—. ¿Qué quieres saber?

—Ah. Este… ¿estabas diciendo que tiene mal genio?

—Ah, sí. Totalmente.

Marquis se le queda mirando.

—¿Podrías… explicarte?

Marquis asiente.

—Claro. El resumen es este: esa chica y yo salimos el año pasado. *Salimos*. No éramos exclusivos. Es decir, no andábamos. No éramos pareja.

A Jared le parece normal. Él había estado en una situación similar con Ainsley.

—Ok…

—¿Ves esta cicatriz?

Marquis se lleva el teléfono al cuello y Jared alcanza a ver una vaga línea de piel más brillante, que va desde debajo de su oreja hasta casi su clavícula.

—Sí.

—Se enojó una noche que me vio con otra chica —dice Marquis.

A Jared se le acelera el corazón. Parte de él quiere colgar. Porque, a pesar de que esté obteniendo precisamente lo que había pedido —información comprometedora sobre su oponente—, esto no concuerda con la Dylan que conoce. La que dijo que había quitado los volantes de la estúpida campaña sucia del ECCCCE y luego revisó (¡dos veces!) que estuviera bien. La que acudió a él cuando lo necesitaba y durmió en sus brazos porque dijo que se sentía segura ahí. La que corrió a abrazarlo cuando lo vio con su papá.

Pero esa también fue la noche en que todo cambió. Y Jared tiene que admitir que la chica con la que ha interactuado desde entonces es… diferente.

—¿Te cortó? —le pregunta a Marquis.

—Rompió un jarrón que heredé de mi abuelita y me dio un tajo con un pedazo.

Jared no sabe qué decir.

—Se fue de esta escuela para que no la expulsaran. Y yo no digo nada porque no tiene caso obsesionarse con el pasado —continúa Marquis—. Pero sí, esa perra está loca.

El par de peyorativos flotan sobre la piel de Jared y le amargan el estómago.

—También es una mentirosa, así que no se lo menciones. No te va a decir la verdad.

—Este… bueno…

¿En qué universo tocaría ese tema con ella Jared?

—Solo cuídate, ¿quieres?

Jared vacila.

—Gracias, supongo…

—Suerte con las elecciones —y cuelga.

Jared se queda mirando la pantalla hasta que se apaga. Todas las piezas están ahí: foto policial, antecedentes penales, cicatriz e historia que coinciden con los cargos, transferencia a una escuela nueva… Y sí, Dylan no ha sido precisamente alguien *agradable* durante los últimos días.

Pero, aun así, hay algo que no le cuadra.

No se siente tan satisfecho como le gustaría. Claro, si ella trata de eliminarlo, ahora tiene lo necesario para devolver el golpe.

Entonces ¿por qué desearía poder borrar toda la conversación con Marquis —su nombre incluido— de su memoria?

Su teléfono tintinea en su mano y se sorprende al ver el nombre en la pantalla. Es un mensaje de Dylan.

Oye, se me olvidó por completo que teníamos programada una reunión para trabajar en el proyecto hoy.

La verdad, no me siento en forma.

Podemos terminar en línea.

Jared frunce el ceño. A él también se le había olvidado la reunión y ahora se siente triste de que se haya cancelado.

Porque, a pesar de la manera en la que ella lo ha estado tratando y de todo de lo que se acaba de enterar, todavía la extraña.

14

Elección de representantes

Cuando la alarma de Jared suena a las 6:30 de la mañana siguiente —el día en que abren las urnas—, arranca su celular del cargador y lo lanza al otro lado del cuarto.

Donde sigue su estrépito.

Jared hunde la cabeza debajo de la almohada y gime.

Como papá le aconsejó cuando era chico: "Elige el sonido menos placentero que puedas para tu alarma, para que te despierte de golpe, como debe", Jared eligió la que suena como un graznido de cuervo, y cada ¡CRAA! ¡CRAA! hace que se quiera morir.

Siente la cabeza al borde de la implosión, y sabe que en cuanto se mueva, le van a nadar las tripas y tendrá que llegar al cesto de basura o al inodoro más rápido de lo que se cree capaz.

—Caraaaaaaaj…

Alguien toca a la puerta.

—¿J? ¿Todo bien ahí adentro, socio?

Es Justyce.

—Haz que pare, por favor —grita Jared.

Se abre la puerta y Justyce entra. En unos segundos, la alarma se detiene y le están quitando la almohada de encima. Jared abre un ojo. La luz está prendida —otra puñalada al cerebro— y Justyce está ahí parado con las manos en los bolsillos de sus pantalones Nike de lana, la viva imagen del papá abogado *cool* de alguien.

Le recuerda un poco a Julian Rivers, el padre de Manny.

—¿Qué pasó, viejo? —pregunta Justyce.

—Ugh, no hablar.

—Ah, sí hablar, amigo. —Justyce le arranca las cobijas—. ¿Qué rayos te pasó? ¿Por qué parece que acabas de sobrevivir al jodido apocalipsis zombi? ¿No acabamos de pasar por esto antenoche? ¿Y qué es eso de que se posponen las elecciones?

Jared se sienta derecho como si lo hubieran halado con un hilo.

Una *pésima* idea.

—GUAU, eso fue… —Se le desorbitan los ojos—. Cesto de basura, por favor.

Justyce se lo pasa. El contenido del estómago de Jared lo llena de inmediato.

—¿Quieres que… regrese luego? —pregunta Justyce.

—Por supuesto que no. —Jared vomita de nuevo y cierra los ojos—. No me abandones, por favor.

—Bueeeeno.

Justyce se acerca la silla del escritorio y se sienta, y Jared, con el cesto de basura aún sobre la cama, entre sus piernas, se frota las sienes. Durante un momento, ninguno de los dos dice nada. Y luego:

—Jus…

—Mejor déjame adivinar —lo corta Jus—. Algo no tan bueno sucedió anoche (igual que la noche anterior) y tomaste una mala decisión que tiene el potencial de provocar consecuencias feas.

El estómago de Jared da un salto mortal doble hacia su garganta, lo que lo hace querer vomitar de nuevo, pero ya no tiene nada que vomitar. ¿Acaso lo sabe Justyce?

—¿A qué te refieres? —dice.

—Viejo, todo este escenario me suena familiar —contesta Justyce mientras recorre el cuarto con la mirada—. ¿Te acuerdas de esa fiesta en la que tu compa Blake Benson…?

—Definitivamente no es mi compa —lo interrumpe Jared.

—Bueno, en ese entonces lo era. El punto es que armó esa fiesta, tomé demasiado y de repente tres blanquitos andaban diciendo que les había pegado.

—O sea, sí lo hiciste. —A Jared le palpita la mandíbula de solo recordarlo.

—Te creo. En serio. Definitivamente le pegué a *algo*, a juzgar por lo hinchadas que tenía las manos. Pero no me acuerdo de esa parte —continúa Jus—. En fin, al día siguiente me desperté sintiendo como si la Parca hubiera tratado de darme un beso de lengüita. Y entonces Doc se apareció en mi cuarto más o menos igual que como yo me acabo de meter en el tuyo.

—Qué raro.

Jared inhala y se obliga a tragar otra oleada de vómito. De verdad le encantaría dejar de hablar.

—Sí, es raro ver el zapato en el pie del otro, o como sea que digan los blancos esa frase —continúa Justyce—. Entonces, ¿ahora qué hiciste? ¿Te measte en otro árbol sagrado del campus?

Así que *sí* se enteró de eso. Sin embargo, para sorpresa de Jared, en ese instante en realidad no le importa por qué ni cómo, ni si alguien más lo sabe.

Porque Jared *sí* tomó una mala decisión la noche anterior que tiene el potencial de provocar consecuencias feas.

Todo empezó de forma bastante inocua. El día anterior por la mañana, habló con el tipo que Dylan presuntamente intentó asesinar (es hipérbole) con un trozo del jarrón antiguo de su abuelita. Poco después, Dylan canceló la reunión que habían acordado más de una semana antes. Luego, unas horas después —como a las 2 p. m.— recibió la noticia de que su fraternidad iba a armar un Spring Sting 2.0 espontáneo esa noche, y que su asistencia era obligatoria.

Al principio, Jared se sintió muy bien. Aunque Dylan no hubiera cancelado, habrían tenido que posponer la reunión. Eso le bajó unas rayas al ardor de su rechazo. ¿Le encantaba la parte donde decía "obligatoria"? Definitivamente no. Sobre todo, considerando la fiesta de la noche anterior a esa y cómo había acabado todo. (¿De verdad era necesario que los hermanos "repitieran la jugada", como dijo Justyce?).

Su plan era hacer lo que normalmente hacía cuando Hunter exigía asistencia a una fiesta: aparecerse, dar una vuelta y escaparse en cuanto los miembros de la junta directiva estuvieran demasiado borrachos para notar que se había ido (lo que sucedía bastante rápido). Entonces volvería al apartamento y se metería en la cama. Dormiría para aliviar el día y estar fresco para la jornada más importante de su carrera universitaria hasta entonces: las elecciones.

Solo que, al cruzar el campus, ¿a quién vio en el patio central sino a la mismísima Dylan Marie Coleman?, quien quizá no "se sentía con ánimos" para reunirse con él para trabajar en el proyecto que valía un pedazo enorme de su calificación de Derecho Constitucional, pero que se sentía perfectamente bien para andar de "risitas" (como Jared oyó una vez decir a una chica negra cuando regañó a su novio afuera del centro de estudiantes) con uno de los chicos frente a los cuales había humillado a Jared.

Quizá todo habría estado bien si hubiera conseguido pasar junto a ella sin que lo viera. En primer lugar, la última vez que se habían visto había sido todo menos estelar. Y en segundo, de verdad no quería que supiera que la había visto en una cita, o lo que eso fuera.

Era demasiado tarde para dar la media vuelta sin que lo notaran, así que se bajó la gorra, se metió las manos en los bolsillos y alargó los pasos. Su error fue no lograr resistir el impulso de echarles una miradita de soslayo cuando pasó justo donde estaban sentados.

El tipo parecía estarle susurrando algo en el oído a Dylan, y ella soltaba unas risitas…, pero miraba directamente a Jared. Y cuando cruzaron miradas, algo en el interior de Jared se quebró.

Así, Spring Sting 2.0 se convirtió en un borrón casi indistinguible de su predecesora. En cuanto llegó a la casa de la fraternidad (¿Y el traje, Christensen?, le preguntó un hermano) se tomó un trago. Luego se unió a una partida de *beer pong*. Luego se echó otros dos tragos.

Y aunque no recuerda mucho, tiene la vaga memoria de alguien diciéndole que tenía su voto, y de alguien más mencionando a "esa chica negra" y "como que me gustan algunas de sus ideas".

Entonces se empinó otro trago.

En algún punto, alguien vio a Jared —que ya estaba totalmente perdido— y le dijo en broma que se asegurara de "no ponerse al volante antes de que cuenten los votos". Eso disparó una ráfaga de comentarios y preguntas sobre la campaña sucia de ECCCCE. Lo cual le recordó su *encuentro fortuito* en el árbol la noche anterior.

En su (nuevo) estado de ebriedad, los hechos le cayeron encima como un piano: Dylan prácticamente había vomitado su secreto enfrente de sus amigos y además podría tener evidencia en video de él borracho como una cuba y profanando un querido pilar del campus.

Así que, luego de ver a uno de sus hermanos de fraternidad besando a una chica negra con *box braids* (así le dijo Dylan que se llaman las trencitas cuando dividen la cabeza en una retícula como de ajedrez), Jared se echó otro trago, sacó su teléfono, cambió la dirección IP a algún lugar en Suiza y envió un correo al CEU que incluía las fotos policiales que había recibido, junto con un pantallazo y un enlace a los antecedentes penales de Dylan.

—¿Holaaaa? —dice Justyce.

Jared regresa de golpe a la cama en la que estaba sentado, abrazando un cesto de basura lleno de arrepentimiento líquido.

—¿Eh?

Justyce mira a Jared. Duro. Lo hace sentir como si fuera a quebrársele la piel.

—¿Podrías dejar de mirarme como si me trataras de leer la mente? Que me veas en este estado de por sí ya es terrible…

Tintinea su teléfono.

Justyce lo agarra como si nada y mira la pantalla, pero su expresión no revela nada. Se lo pasa a Jared.

Aunque hubiera tenido algo más adentro, no habría podido vomitar de nuevo porque su estómago se hunde desde su garganta hasta el piso.

Es un mensaje de Dylan. Y están llegando más.

Perdón por mensajearte tan temprano.

No sé si ya viste, pero pospusieron la apertura de las urnas sin ninguna explicación.

Avis me dijo que oyó que LePlante recibió un par de advertencias por mal uso del correo electrónico.

Supuestamente, recibió una tercera infracción por mandar *spam* a todo el campus anoche para que votaran por él.

No me sorprende.

En fin, solo te cuento lo que me contaron...
Y supongo que me pregunto si tú sabes algo.
En fin, ojalá que se resuelva pronto.

—¿Qué dice? —pregunta Justyce mientras Jared los lee de nuevo (¿Acaso esa táctica de "no reconozcamos ninguna de nuestras interacciones horribles recientes ni mencionemos nada relacionado con lo que está pasando entre nosotros" será algo que hacen todas las chicas?, se pregunta).

Sacude la cabeza para despejársela.

—Dijo que le contaron que le pusieron una tercera infracción a LePlante por mal uso del correo electrónico.

—Ah, ok —asiente Justyce—. ¿Así que por eso atrasaron la apertura de las urnas? —pregunta mirándolo directo a los ojos.

Y Jared sabe que tiene que armarse de agallas y nunca contarle a nadie lo que hizo. Luego de todas las veces que Justyce lo ha apoyado —lo ha respaldado y ha ido en su auxilio y le ha dado espacio mientras intenta (muchas veces en vano) pensar y moverse diferente—, si Justyce llegara a enterarse de lo que hizo, dejaría de ser su amigo sin pensarlo. Porque fue demasiado lejos, incluso para ser Jared.

Y Jared no puede perder a Justyce. No puede. Así que invoca a su político interno y se fuerza a encogerse de hombros.

—Viejo, ¿quién sabe? Lo único seguro es que yo bebí demasiado anoche.

—Mjm —contesta Justyce—. Por segunda noche consecutiva.

Jared no responde.

—Luego del debate, como que lo entendí—continúa Justyce—. Dylan arrasó contigo y con el otro blanquito. Quizá yo también me habría echado una copita. Pero ¿la víspera de las elecciones? ¿Qué te pasa, *bro*? No te había visto fiestear tan duro desde que te agarraron conduciendo borracho.

Jared podría contarle la verdad. Al menos parte de ella.

—Sí, ya sé. Definitivamente tomé algunas decisiones de las que no me siento orgulloso —dice—. Pero he estado tan estresado últimamente. Claramente necesito mejores estrategias de afrontamiento.

—¿Es por Dylan?

—¿Eh? —Y ahí se va su estrategia—. Naaah. Para nada.

Justyce no contesta, así que Jared se le queda mirando. "Y yo soy el abominable hombre de las nieves", dice su cara.

—Digo…, no por completo. En parte, sí. Pero también está la escuela. Y las elecciones.

Justyce asiente:

—Bueno, si de algo sirve, Dyl se preocupa bastante por ti.

Ehhh…

—¿En serio?

¿Y le acaba de decir "Dyl" como hacen sus amigos?

—De verdad. En cuanto se alejó de ese árbol, me marcó. Dijo: "No es por convertirte en Capitán Salvador, pero a tu amigo le vendría bien tu ayuda", y me mandó un video que dijo que borró en cuanto vio que estaba entregado.

Así que sí lo había estado grabando…

Espera… ¿Dylan lo había llamado a él?

—¿Tiene tu número?

—Seeeh, te explico… —contesta Justyce—. Conozco a Dyl desde que entró acá. Fui el líder de orientación de su grupo de transferidos. Es una muchacha increíble.

Jared deja caer la mandíbula.

—¿O sea que todo este tiempo…?

Justyce alza las manos.

—Oye, yo no me meto donde no me llaman, socio. En fin, ojalá que se resuelva todo y abran las urnas. Ya no está en tus manos —dice—, así que vuelve a montarte en el caballo. Has avanzado demasiado como para volver a las andadas.

Eso le saca una sonrisa.

—Gracias por eso, viejo.

Justyce se levanta y, antes de que Jared pueda protestar, agarra el cesto de basura lleno de vómito.

—Voy a tirar esto —dice—. Levántate y recobra la compostura, ¿quieres?

Jared deja caer la barbilla mientras se le borra la máscara. Detesta lo buen amigo que está siendo Justyce. Si tan solo supiera…

—Ojalá que lo que te contó Dyl de John Preston sea verdad —dice Justyce mientras sale por la puerta.

Se vuelve para mirar a Jared de nuevo y él lo evade de inmediato.

—Yo lo único que sé es que ya quiero que se acaben estas elecciones.

19 de abril

Querido Manny:

Pues bien..., no voy a alargar esto demasiado y trataré de ser lo más franco posible..., algo que admito que NO he sido con mucha gente durante la última semana. Hice algo muy jodido y ahora tengo que quedarme con los resultados de mis acciones mientras a la vez mantengo el curso Y ADEMÁS me aseguro de que nadie descubra que fui yo.

En resumen, la apertura de las urnas se pospuso 24 horas, y solo habrá dos nombres en la boleta: el mío y el de John Preston LePlante IV. El correo que le enviaron a todo mundo fue vago: "Atención, votantes de segundo año: debido a un tecnicismo, la candidatura de Dylan Marie Coleman ha sido revocada y su nombre no aparecerá en la boleta final. Nos disculpamos por cualquier molestia que esto cause".

El anuncio fue a eso de la 1 p. m., cuatro horas después de la apertura programada de las urnas. Oí gente hablar al respecto mientras caminaba por el campus y, en general, todo el mundo parece creer que el "tecnicismo" tiene que ver con que acaba de transferirse de escuela. Lo cual es un alivio enorme. Ahora que estoy sobrio y he visto la luz del día, no quiero que nadie sepa el secreto de Dylan. (Si alguna vez me ves bebiendo tanto otra vez, por favor, dame un susto).

Sin embargo, la otra cosa —y esto se siente como una confesión, así que tiene que quedarse aquí entre nos— es que también estoy aliviado de que haya quedado fuera. Hace poco hubo una elección presidencial —la primera en la que pude votar— en la que ninguno de los candidatos de los partidos grandes era *ideal*, pero uno parecía casi antidemocrático. Entonces, un candidato más anunció que se presentaría con un tercer partido y la gente se asustó..., que es algo que no entendí hasta ahora. Nadie va a convencer a la gente que va a votar por John Preston de que vote por mí o por Dylan, pero si Dyl y yo terminamos dividiendo nuestros votos, eso aumentaría la probabilidad de que John Preston resultara electo.

Es decir que, con Dylan fuera, *yo* tengo una mayor probabilidad de ganar.

Ya. Lo dije.

Sin embargo...

De verdad la *cagué*, Manny. Sinceramente, no sé qué estaba pensando.

De hecho, NO estaba pensando. Ese es el problema. Me puse celoso y paranoico e hice algo muy estúpido sin pensar en las consecuencias.

Y lo más seguro es que me salga con la mía.

Esa es la parte que más me carcome. Hoy oí a Justyce hablando y riendo al final de una llamada de video mientras entraba a la cocina. Era tu primo Quan. Cuando Jus colgó, se veía *feliz*. Le pregunté por qué y me contó que Quan había entrado en un programa de matemática durísimo en Georgia Tech. Iba a empezar en otoño.

—¿Tienes idea de lo INCREÍBLE que es esto, Jared?

Parecía a punto de explotar de la emoción.

La verdad es que no tenía idea, pero sonreí de todos modos. Ver a Jus tan contento me ponía contento a mí, y pensar que Quan iba a ir a la universidad era genial.

—Hermano, es un chico que prácticamente se había rendido —continuó Justyce—. Estuvo encerrado durante dos años y medio por algo que no hizo, y todo porque era incapaz de ver que había un camino diferente para él. Y ahora va a ir a una de las escuelas técnicas más importantes del mundo.

Negó con la cabeza y la bajó. Y cuando la alzó de nuevo, estaba llorando.

—Perdón por ponerme tan sentimental, pero ¡CARAJO! —dijo—. ¿Pasar de sentirte como si la gente no viera en ti más que una amenaza para la sociedad a darte cuenta de que tienes la energía para ir a la UNIVERSIDAD? —Negó con la cabeza—. Sé que la educación superior nunca NO fue opción para ti, así que tal vez no le halles sentido a mi sentimentalismo. Pero créeme: esto es increíble.

Entonces se me formó un nudo en la garganta porque Jus tenía razón, Manny. La verdad era que no entendía. No podía entenderlo.

Y entonces fue cuando el peso de lo que había hecho —y, lo más importante, de por qué había podido hacerlo y salirme con la mía— me cayó encima. Y lo recordé, Manny. Recordé lo furioso que estaba contigo cuando tuvimos esa pelea tan tonta. Estaba tan furioso de que ya no te rieras de mis chistes. De que parecieras estártelos tomando mucho más en serio que antes. Odiaba sentir que Justyce se te estaba metiendo en la cabeza y que te estabas convirtiendo en otra persona. Eras mi mejor amigo y mi confidente desde segundo. Y nunca habías sido "negro" para mí. Solo eras... Manny.

Pero ESE Manny estaba desapareciendo, y eso me tenía furioso.

No podía aceptarlo. No podía aceptar que estuvieras cambiando. Que ya no fueras el Manny que *yo* conocía y con el que contaba. No podía aceptar que de pronto parecías estar del lado de Justyce, y que habías empezado a ver y creer cosas de mí que yo no quería admitir que eran verdad.

Así que hice lo que sabía que podía hacer para vengarme. Le dije a mi papá que quería presentar cargos. Nunca se lo he admitido a nadie, Manny. Nunca le he dicho a nadie que fue idea MÍA.

Mi papá solo lo hizo porque yo se lo pedí. Hasta me preguntó si estaba seguro.

—Ustedes dos han sido amigos mucho tiempo, Jared.

Y yo le dije que no me importaba. Agarré todas mis frustraciones sobre un montón de mierda que no podía controlar y las boté encima de nuestra amistad. Ahora lo veo claro.

Y luego te moriste.

Y ahora aquí estoy otra vez.

¿Sabes qué es lo PEOR de todo? Que voy a dejar que pase lo que tenga que pasar. Porque PUEDO, Manny. Cuando la gente veía a tu primo, veía una amenaza a la sociedad, pero cuando me miran a mí, ven un líder. Así me crio mi papá. ¿Podría hacer lo "correcto" y destapar que esas acusaciones del DUI eran verdad? Sí, podría. ¿Podría confesarle a Dylan que fue mi culpa que la sacaran de las elecciones? (Al menos eso creo... No confirmaron por completo la naturaleza del "tecnicismo", así que no puedo decir que esté seguro al 100 por ciento). Sí, podría. ¿Podría rescindir mi candidatura alegando que he roto las reglas de la campaña? Sí, podría.

Pero no lo voy a hacer. ¿Por qué? Porque no tengo por qué hacerlo. Eso es lo que he llegado a reconocer.

Nunca admitiría nada de esto con alguien que pudiera repetirlo luego, pero ahora que están las cartas sobre la mesa, hay un montón de cosas que veo con claridad:

1. Trabajo superduro. De verdad. PERO la verdad es que no tengo el mismo tipo de obstáculos que Dylan o Justyce (o que cualquier otro estudiante negro).
2. No TENGO que demostrar que merezco estar en esta escuela.
3. No TENGO que sacar buenas calificaciones ni evitar que me expulsen, porque sé que, sin importar lo que diga mi papá, en realidad no va a dejarme fracasar.
4. No TENGO que ser honesto ni recto ni amable y ni siquiera preocuparme por caerles bien a los demás.

Obviamente, hay límites. Pero en más de un sentido puedo hacer y estar y moverme como yo quiera, viejo. Y aunque hay una parte de mí que reconoce lo jodido de eso, hay otra parte que dice: "¿Y por qué rayos renunciaría a eso?".

Esta carta no tiene ningún objetivo. Supongo que solo estoy afrontando estas revelaciones. Luego de escribirlas me siento medio... entumecido.

Voy a la cancha de básquet, creo. A descargar el estrés. Gracias por escuchar, supongo.

Jared

15

Testigo contra sí mismo

A las 8:30 de la noche siguiente —media hora antes de que se cierren las urnas—, Jared está en la sala de juegos del sótano de la casa de la fraternidad, leyendo el periódico, cuando oye pasos en la escalera a sus espaldas.

—Toc, toc —suena la voz de una chica (mientras da un toquecito literal en la pared).

Jared se gira y casi se cae del sofá.

—¿Avis?

—En persona. —Se acerca y se deja caer junto a él mientras mira a su alrededor. El lugar está mal iluminado y tiene una alfombra verde afelpada, paredes de roble y un mobiliario enorme de piel marrón, además de un par de mesas de billar—. Es increíble que incluso cuando no está lleno de alumnos menores de edad intoxicados, este lugar de todos modos parece un cubil de maldad —dice.

Jared no sabe bien qué decir. En primer lugar, la *última* persona que esperaba que entrara tan tranquila a una zona restringida de su casa de fraternidad es la gestora de campaña de la chica a la que hizo que eliminaran de las elecciones (o eso cree). En segundo, no tiene idea…

—¿Te estás preguntando cómo rayos entré? —Avis le arranca el pensamiento de la cabeza.

—Este… ¿sí?

—¿Y también qué hago aquí?

De nuevo, Jared no dice nada.

Avis asiente.

—Claro. En cuanto a la primera pregunta: he venido a algunas fiestas aquí, y muchos de tus "hermanos" me han dado sus "tarjetas de presentación" (luego de expresar que tienen debilidad por las asiáticas, por supuesto) y me han dicho que los llamara si alguna vez necesitaba algo —dice—. ¿Es de locos hacer como si la universidad contara como una ocupación? Sin duda. Pero te estaba buscando y Amir me dijo que aquí estabas, así que le pedí ayuda a uno de ellos.

—Ah.

—No creo que le haya encantado que preguntara por ti cuando me dejó entrar, pero bueno. Así las cosas.

—Así es —contesta Jared.

—En cuanto a qué hago aquí… —Se detiene y espera a que la mire a los ojos—. Sé que fuiste tú —dice.

Jared abre la boca, pero no sale nada.

—Primero, el contexto —continúa Avis—: Dylan y yo hemos sido mejores amigas desde cuarto. Yo era la nueva en la escuela católica ultrablanca para niñas a la que íbamos. En mi primer día, acercó su linda presencia a mi raro ser y dijo: "Sé que eres nueva y tal vez estés asustada, pero yo voy a ser tu mejor amiga, ¿ok? Podemos ser diferentes juntas". Me robó el corazón ahí mismo.

—Guau. —Manny había hecho algo similar cuando Jared era nuevo en segundo—. Eso suena increíble.

—Correcto. Así que imagínate mi terror cuando mi mejor amiga me llamó sollozando anoche para decirme que el CEU había descubierto un cargo delictivo falso de su vieja escuela, y que la habían descalificado para las elecciones.

Jared de nuevo no dijo nada.

—Dijo que trató de explicarles que iban a retirar los cargos y que la eliminación de antecedentes estaba en curso. Pero citaron el contrato que había firmado y le dijeron: "Sea como sea, no nos revelaste esta información". —Avis deja que Jared lo asimile—. Bien. Entonces le pregunté si les había preguntado cómo se enteraron, y me dijo que le dijeron que habían recibido una denuncia anónima.

Jared sigue sin decir nada.

—Ahora bien, con ella, estás limpio…

—¿Eh? —Jared gira la cabeza bruscamente hacia ella.

—Dyl está convencida de que el tipo involucrado en su caso está observándola en línea y les mandó la información al ver que era candidata.

—Jum —dice Jared.

—Sin embargo, aunque eso sea factible, algo no me cuadraba —continúa—. No tengo corazón para decírselo, pero yo conocí a ese tipo una vez que fui a visitarla y me di cuenta de inmediato de que si salías de su vista, salías de su mente.

—Eso es un poco duro…

—La verdad duele a veces. En fin, decidí escarbar un poco yo también. Para no hacerte el cuento largo, encontré un correo enviado al CEU hace dos noches y, al rastrear su origen, la dirección IP inicial decía "Suiza". Pero me tomó seis segundos en total superar eso, ¿y qué encontré? La *verdadera* dirección IP… que geolocalicé a esta misma casa. Estudio ciencias de la computación, por cierto.

Jared aprieta los dedos para evitar quedar boquiabierto.

—Así que pensé que uno de tus hermanos le tenía ganas a mi chica…, pero entonces vi los antecedentes en línea adjuntos al correo. Cuando hackeé la cuenta que los había conseguido, ¿qué nombre vi en la tarjeta de crédito que usaron para pagar la membresía?

Jared deja caer la mandíbula hasta el pecho. De verdad lo atrapó.

—No le voy a decir —continúa Avis.

Al cerebro de Jared le toma un segundo registrar esas palabras.

—Espera… —dice—. ¿En serio?

—De verdad. Para empezar, la destruiría —contesta Avis—. Además, siento que es mejor jugada dejar esa pelota en *tu* cancha. Por razones que ni siquiera empiezo a comprender —dice barriéndolo con la mirada mientras frunce la nariz—, parece que le gustas mucho, Jared.

Jared está atónito.

—¿De verdad?

—Si ignoramos el incidente con tu papá. De hecho, ¿qué rayos? ¿De verdad solo te quedaste ahí parado?

Jared niega con la cabeza.

—No fue mi mejor momento, te lo aseguro.

—Bueno, aparte de eso, como que has sido su único tema de conversación en las últimas semanas. Al parecer eres "lindo" y "honesto" y "todo un caballero". —Frunce la nariz de nuevo—. En fin, ha estado preocupadísima.

—¿Preocupada? ¿Por qué? — Jared no ha estado tan confundido desde que le gustaba Liberty Ayers, la interna afroamericana de trabajo social con la que colaboró en el caso del primo de Manny, Quan. Y resulta que ella no sale con hombres.

—Bueno, desde hace un par de noches, le preocupa tu bienestar. —Avis lo mira fijamente—. ¿De verdad te orinaste en el árbol sagrado?

—¿Podemos no tocar ese tema?

—¿Es demasiado pronto? —Avis se lleva una mano burlona al corazón—. Bueno, pero nunca se nos va a olvidar. En fin, antes de eso, le preocupaba que te estuvieras haciendo la idea equivocada de por qué ha sido distante contigo y que hubieras perdido la esperanza en ella.

—Ah —dice Jared.

—Y luego de hablar de ti con Amir, de verdad creo que eres un tipo decente, aunque seas un idiota. Así que te voy a decir lo que ella no puede decirte y luego *tú* decides si le dices lo que hiciste.

Jared no puede creer lo que va a preguntar, pero…

—¿No le importa que me estés contando sus asuntos?

—Ella fue la que me pidió que te lo contara.

Muy interesante.

—Y no puede decírmelo ella porque…

—Firmó un acuerdo de confidencialidad.

—Entendido. —Jared definitivamente no tiene nada que decir al respecto.

—El resumen: el año pasado, Dylan fue agredida sexualmente por una estrella deportiva en su vieja escuela. Les contó a una serie de supuestas figuras de autoridad de allá, pero nadie quiso hacer nada al respecto. No dejaban de pedirle pruebas.

Jared ni siquiera puede abrir la boca. Quizá se desaten los fuegos del infierno si lo hace.

Avis continúa:

—Entonces, una noche, nuestra chica decide ir al apartamento de este tipo para tratar de hacerlo confesar, mientras lo está grabando en secreto. —Niega con la cabeza—. Yo traté de disuadirla, pero su obsesión infantil con los programas policiacos parecía estar manifestándose en un delirio de investigadora privada.

»Llega ahí, y el tipo tiene a otra chica adentro, pero invita a pasar a Dylan de todos modos. Los detalles son turbios, pero por lo que entiendo, trató de convencerla de unirse a la fiestecita que había organizado con la otra chica, que estaba casi desnuda. Cuando Dylan dijo que no y trató de irse, no la dejó. Forcejearon y un jarrón se cayó y se rompió. Y cuando el tipo subyugó a Dylan, la llevó al piso y trató de abrirle los pantalones, ella agarró un fragmento del jarrón y lo cortó con él.

Cuanto más habla Avis, más siente Jared que las raíces mismas de su existencia se desintegran.

—Dyl consiguió irse, pero el tipo llamó a la policía y levantó cargos. Y la otra chica que estaba ahí respaldó su versión.

—Uf...

—Sí. El caso es que cuando los policías se enteraron de que Dyl había presentado una denuncia contra él en la escuela, se enturbió el caso. Dijeron que para tomar en cuenta los cargos contra Dylan, también tendrían que investigar la otra acusación. Y la escuela no quería. Así que le dijeron a Dyl que retirarían los cargos y ADEMÁS le pagarían una pequeña suma si firmaba un acuerdo de confidencialidad y se iba de la escuela. Así que eso hizo.

Si Jared pudiera disolverse en la alfombra verde, lo haría.

—Solo que han pasado como ocho meses y no han cumplido su parte. Los papás de Dylan contrataron a una abogada nueva hace poco, así que ojalá que todo termine pronto. De hecho, el chico con el que la viste la noche en la que se suponía que se vieran para su proyecto…

—Guau, de verdad te lo cuenta *todo* —dice Jared.

—Es mi amiga. La abogada es la mamá de ese chico.

Jared sabe que se le amarga la expresión en el rostro.

—Ah —dice.

—Él no le gusta para nada, por cierto. Se lo dijo en cuanto desapareciste del patio.

Jared asiente. Es mucho que asimilar. Y ahora es mucho que procesar.

Aunque "le guste mucho" a Dylan, hay complicaciones, ¿no? No ha sido muy linda que digamos con él últimamente y, aunque pueda entender por qué, sigue siendo cierto que él sí se disculpó por la situación con su papá. ¿Se suponía que hiciera algo más?

Y, luego, por supuesto, está el hecho de que, aunque Avis no se lo cuente, Jared fue el que sacó a Dylan de las elecciones. Aunque ella nunca se entere de que fue él, *él* siempre lo sabrá. Y no está seguro de poder vivir con esa suerte de beluga nadando en su cerebro.

—Las urnas cierran en cinco minutos —dice Avis, mirando su reloj—. Y tengo que irme porque tengo una cita a las 9:01 p. m.

—Qué específico —contesta Jared.

—Sí. Bueno, cuando eres una gestora de campaña que está loca por el gestor de campaña del oponente de tu candidata, no puedes salir con él hasta que acaben las elecciones. "Conflicto de intereses" o como sea.

Jared no puede evitar sonreír. Quizá él haya arruinado su oportunidad, pero al menos Amir se quedará con la chica.

—Te acompaño a la salida —dice.

De camino, Avis tiene que ir al baño. Queda enfrente de la oficina del presidente de la fraternidad, así que Jared se apoya en el marco de la puerta mientras espera a que salga. Y entonces ve un fajo de papeles que tiraron precipitadamente al cesto de basura. Por un instante, está bastante seguro de que dejó de latirle el corazón. Lo está mirando atónito cuando sale Avis.

—Ya está. Lista —dice Avis para traerlo de vuelta.

Salen al porche y Avis mira su reloj.

—9:04 —dice—. Voy tarde.

—Ah, A.T. estará tranquilo. Yo le digo que fue mi culpa.

Avis sonríe.

—Eres irritante y todavía tienes *mucho* trabajo interno que hacer, Jared Christensen, pero de verdad espero que ganes.

—Qué raro eso viniendo de usted, tomando en cuenta todo lo que sabe, pero acepto el cumplido, señorita Johnson.

—Si alguna vez le cuentas esto a alguien, lo negaré y divulgaré todo lo que hiciste, pero aquí entre nos, me alegra que sacaran a Dylan. Llegó queriendo demostrar que tiene pantalones, pero mi panquecito necesita sanar primero. Creo que todo este asunto la hizo ver esa realidad.

—A mí también debieron descalificarme —contesta Jared.

—Ya lo sé —responde—. Amir me contó hace mucho.

Jared se queda atónito mientras la ve ir hacia la acera. ¿Amir se lo contó?

—No te enojes con él, ¿sí? —dice Avis, mirándolo por encima del hombro—. Se sentía en conflicto por lo del E.C.C.C.C.E., y soy buena escuchando. Sigues siendo nuestra mejor esperanza, y cualquiera con medio seso lo sabe. ¡Nos vemos!

Baja la colina y desaparece en la noche.

16

Abusos y usurpaciones

Cuando Hunter Landis llega a la oficina del presidente de la fraternidad a la mañana siguiente y ve a Jared Peter Christensen sentado en su silla con los pies en el escritorio, se pone rojo tan rápido que Jared se pregunta si sufrirá una combustión espontánea.

Poco después de que las urnas cerraran la noche anterior, el CEU emitió un mensaje:

Nosotros, la Junta Directiva del Consejo Estudiantil Universitario, apreciamos sinceramente el firme ejercicio del deber cívico universitario que han hecho al votar en nuestras elecciones.

Debido al cambio en nuestro día de elecciones —del viernes al sábado—, los resultados se anunciarán el lunes por la mañana.

Cuando Jared se dio cuenta de que tendría que esperar 36 horas para saber si había ganado, se preguntó genuinamente si sobreviviría al fin de semana. Pero entonces entró a la cocina por algo de comer y vio una nota en el pizarrón de la casa: Hunter estaría fuera del campus hasta la mañana siguiente. Así que decidió investigar lo que había visto en el cesto de basura del presidente de su fraternidad.

Volantes del ECCCCE. Montones. Impresos, pero nunca distribuidos.

Al principio, Jared se sintió triste. En realidad, quería estar equivocado, pero el *shock* se transformó en decepción, luego en furia y, finalmente, en aceptación. Ahora ahí está, disfrutando cada pizca del ofuscamiento de Hunter.

—¿Hay algo en lo que te pueda ayudar, Jared? —pregunta, tratando de recobrarse y reafirmar su autoridad.

Jared patea la pila de volantes para que caigan del escritorio y se esparzan por el suelo. A plena vista de Hunter.

—Ah —dice él.

—Sinceramente, no quería creerlo —dice Jared reclinándose hacia atrás—. Pasé junto a esta oficina anoche y los vi en tu cesto de basura, pero pensé: "No puede ser. ¡Esto es imposible!".

Hunter se mete las manos en los bolsillos de sus *shorts* de dril y alza la barbilla. De inmediato, le recuerda a la tal Morgan y su aire de arrogante desafío ante su falta. Le da asco.

—Solo quiero saber por qué, viejo —dice Jared—. Todo el tiempo hablas de que los miembros de esta organización están "criados para ser líderes", pero cuando busco un puesto de liderazgo ¿me saboteas? ¿Qué clase de ejemplo es ese?

—¿Sabes cuál es tu problema, Christensen?

Jared abre los brazos para decir "cuéntame".

—Tienes la cabeza tan metida en la tierra que no ves nada más.

Jared arruga la cara, confundido, porque es una metáfora terrible. Hunter, no obstante, parece creer que Jared es tonto y necesita más explicaciones.

—Nunca estás, *bro* —continúa—. Te apareces cuando estás obligado y luego regresas a tu patética vida de liberal.

Ah. Claro que esa es la razón.

—Supe que algo andaba mal cuando decidiste que ibas a vivir con ese chico negro en vez de mudarte a la casa —dice Hunter—. Los chicos me jodieron con eso durante semanas. "Socio, ¿el papá de Christensen financió una remodelación completa y él ni siquiera vive aquí?".

Jared asiente.

—Ok. Entendido. Continúa.

Hunter luce sorprendido, pero sigue:

—Cuando comenzó tu supuesta *campaña* y vimos los cambios que querías hacer —se encoge de hombros y se apoya contra la puerta—, alguien tenía que detenerte, *bro.*

—¿Y qué crees que opine el bueno de Bill Christensen cuando sepa que trataste de arruinar la reputación de su hijo en este campus?

A Hunter se le enrojece el cuello.

—¿Disculpa?

¿Tienes idea de lo duro que trabajaron los abogados de mi papá por limpiar todo rastro de ese DUI? ¿De cuánto dinero gastó?

El rojo del cuello de Hunter sube hacia su mandíbula y la parte inferior de su cara.

—No seas exagerado, viejo —dice con pánico en la voz—. Tratamos de que te eliminaran de unas elecciones, no de arruinar tu reputación…

—¿Crees que esparcir rumores en el campus hizo que la gente me mirara con admiración?

El rojo alcanza el cabello de Hunter y ya no responde, así que Jared se le queda mirando. Hunter le devuelve la mirada.

Entonces, Hunter sonríe.

—Te crees grandote y rudo, ¿eh? ¿Vas a correr a decirle a papi que el malo de Hunter trató de cagarse en tus eleccioncitas? No tienes lo necesario para ser un líder, Jared. Eres patético. Te conmueves tan fácil por las historias de personas que nunca podrían ser tan grandiosas como tú. Somos *mejores* que ellos, Jared. A bocajarro y punto…

—Sabes que "a bocajarro y punto" se origina en el inglés vernáculo afroamericano, ¿verdad?

Esa parece ser la gota que derrama el vaso.

—Te tienes que ir —dice—. No perteneces aquí. Nada de lo que dices ni haces representa bien a esta organización. Valoramos el trabajo duro y la responsabilidad, no las dádivas ni ir agarrados de la manita; el mérito y la excelencia, no los trofeos de participación ni la mediocridad; la tradición y la preservación, no…

—Estoy plenamente consciente de cuáles son los "valores", Hunter…

—Pues no parece. Eres una plaga para esta fraternidad, y tengo toda la intención de decírselo a tu querido padre.

Y en ese instante Jared tiene una certeza más dolorosa que el rechazo de Dylan: cuando Jared mira a Hunter Landis y lo odia, en realidad se está viendo en un espejo.

Bueno…, más o menos. No son *exactamente* iguales, pero sí ve ciertas similitudes desagradables. Lo que le dijo a la tal Morgan —y la forma desmoralizante en la que lo dijo—, por ejemplo.

En cuanto se enteró de que habían matado a Manny, sus ojos se abrieron a una realidad que había luchado por negar: la gente *definitivamente* los miraba de un modo diferente a su mejor amigo y a él solo por su color de piel.

Pero ¿había hecho algo al respecto? ¿Estaba haciendo algo ahora? Sí, se había postulado para presidente del Consejo de Segundo Año y *decía* que quería que ese campus fuera un lugar más cómodo para los estudiantes que no tienen el mismo acceso a recursos que él (aunque no sea su culpa). Pero también se había resistido a algunas de las políticas propuestas por Dylan porque le parecían "demasiado radicales", como si los grandes cambios no requirieran grandes cambios de verdad.

Jared mira a Hunter sabiendo que la única razón por la que sigue ahí sentado —por la que *puede* estar ahí sentado en la silla detrás del escritorio del presidente de su fraternidad después de faltarle descaradamente el respeto al patear una pila de volantes al piso— es porque papá literalmente *pagó* por su derecho a hacerlo. Lo que hace que otra cosa más encaje: en ese momento, Jared está usando ese poder para desafiar al tipo de persona que está seguro que habría culpado a su mejor amigo de su propia muerte.

Se siente increíble. ¿Quizá esa sea la manera de hacer las cosas?

—¿Sabes qué? —Jared se levanta para acercarse a Hunter, pisando volantes del ECCCCE en el camino. Es la primera vez que se da cuenta de lo bajito que es el presidente de su fraternidad: apenas le llega a la manzana de Adán—. Puedes decirle lo que quieras a mi papá —dice, mirándolo deliberadamente hacia abajo—. Es muy posible que te prefiera a ti que a mí. Pero hay una cosa de la que estoy seguro…

—¿Cuál?

—Tú y él son ejemplos perfectos del hombre que nunca quiero ser.

El rostro de Hunter se pone blanco de ira y a Jared le resulta extrañamente satisfactorio.

—Ahora, si me disculpas, tengo que prepararme para mi presidencia.

Sale al pasillo y camina hacia la salida con más confianza de la que ha sentido en años.

A fin de cuentas, él es un Christensen, y eso tiene peso por ahí.

Es hora de que lo aproveche.

17

Gobiernos antiguamente establecidos

A las 8:03 del lunes alguien toca la puerta del cuarto de Jared.

No quiere contestar. Está demasiado hundido en el arrepentimiento.

Tintinea su teléfono. Tintinea otra vez. Luego suena.

Más toques.

—Ya sé que estás ahí adentro, *bro*. ¿Puedo entrar? —dice Justyce a través de la gruesa madera.

Jared se voltea bocabajo y se pone la almohada sobre la cabeza.

Lo único que suena más fuerte que su teléfono y los toques sin tregua de su incansable compañero de cuarto son las últimas palabras que le dijo a Hunter Landis, que aún retumban en su mente como si las gritaran por un altavoz: "Ahora, si me disculpas, tengo que prepararme para mi presidencia".

Hace cuatro minutos, Jared se enteró de que su afirmación había sido falsa. En realidad, no tenía una presidencia para la cual prepararse.

Porque perdió.

John Preston LePlante IV, príncipe heredero de los imbéciles, ganó las elecciones al CSA.

Jared se gira bocarriba y mueve la almohada a su torso. No le importa estar arrugando la camisa violeta que había planchado minuciosamente para grabar el discurso de victoria que creía que tenía que entregar a las 10 a. m.

Perdió las elecciones. Perdió contra un tipo al que no le molesta en absoluto enviar su campus de vuelta a 1869: el año anterior a que el primer estudiante negro recibiera permiso para registrarse oficialmente a una licenciatura.

Pero *¿cómo*? ¿Habrá funcionado la campaña sucia de Hunter? ¿De verdad habrá tanta gente en su generación que concuerda con las ideas de John Preston?

Pero la pregunta más ruidosa de todas es: ¿habría ganado Dylan si él no hubiera hecho que la eliminaran?

—Voy a entrar. Si estás desnudo, tápate —dice Justyce.

Jared oye abrirse la puerta, pero deja los ojos clavados en el techo.

—Carajo, *bro*, ¿tienes los zapatos en la cama? —dice Justyce. Es un comentario tan inesperado que Jared dirige su atención hacia él. Jus está negando con la cabeza—. Qué locura. ¿No te educó tu mamá?

Jared siente una risita bullir en su pecho y, aunque preferiría regodearse en la incredulidad de su situación (*¡¿Perdió?!*), se le sale la carcajada.

Entonces Justyce se ríe también. Se acerca y le da un golpe en la pantorrilla.

—Siéntate, patán —dice.

Jared obedece. Sus piernas cuelgan del borde de la cama, y Justyce se sienta junto a él. Cuando se apaga la risa y caen en un pesado silencio, Jared regresa a un momento que nunca olvidará:

—¿Te acuerdas cuando nos encontramos en la tumba de Manny? —le pregunta.

—¿Cómo olvidarlo? —Justyce bufa burlón.

—¿Por qué fuiste tan cortés conmigo?

La pregunta parece agarrar desprevenido a Justyce.

—¿Que qué?

—Me había portado como un imbécil —dice Jared—. Sinceramente, en más de un sentido siento como que la muerte de Manny fue mi culpa…

—Nah, ni se te ocurra, socio. Hubo un montón de factores contextuales y sociales involucrados en el asesinato de Manny, pero la única persona que de verdad causó su muerte fue el tipo que haló el gatillo.

Jared suspira.

—Te entiendo, Justyce, de verdad. Pero sigo sintiendo que tengo *algo* de responsabilidad.

—La falsa culpa te va a carcomer, Jared. En serio. Tienes que soltarla.

¿Debería decirle la verdad a Justyce? Ya que estamos en esas...

—Pero es cierto, Justyce. Sé que todos pensaron que fue mi papá el que decidió presentar cargos, pero... —Respira hondo—. Bueno, la idea fue mía. Yo le pedí que lo hiciera.

Justyce no dice nada. Jared continúa:

—Y también... este... hice que eliminaran a Dylan de las elecciones.

Entonces Justyce se vuelve para mirarlo.

—¿Que hiciste *qué*?

—Ya sé, ya sé —dice Jared hundiendo la cabeza entre las manos—. Ahora que lo pienso, seguramente perdí por karma.

—Ni intentes racionalizarlo, Jared. Ya me está costando mucha fuerza de voluntad no hundirte los dientes, así que ve con cuidado.

Jared alza las manos.

—Te oigo, te entiendo y tienes toda la razón. Pero ese es exactamente mi punto: he sido un imbécil, sin lugar a dudas. Y era incluso peor en ese entonces, cuando nos encontramos en el cementerio.

Nadie dice nada durante un momento, hasta que Justyce habla:

—Ojalá que no estés esperando que te contradiga.

—Nah. Solo dejo que se asiente. Vi a un terapeuta durante algunos meses cuando murió Manny, y subrayaba la importancia de "sentarse con las verdades incómodas". Supongo que no había seguido su consejo hasta ahora.

—Mientras tanto, yo tengo que vivir en ellas. Ha de ser lindo tener elección.

Más silencio, porque no hay nada que Jared pueda decir a eso, y entonces:

—De verdad quiero saber por qué fuiste cortés.

—No fui cortés —dice Justyce—. Fui amable.

—¿Son cosas diferentes?

—Por supuesto que son diferentes. Pasé toda mi vida siendo cortés, viejo. Creando la menor cantidad de ondas posibles y trabajando duro para asegurarme de que todos a mi alrededor estuvieran cómodos. Me habían dicho que eso era lo que me iba a mantener seguro— dice Justyce—. Y eso se fue al caño cuando nos dispararon.

»Pero mi amabilidad es una elección. Sé quién soy, cómo me siento y qué me importa, así que tomo mis decisiones basándome en el tipo de persona que *yo* quiero ser. Porque la única persona con la que tengo que pasar el resto de mi vida soy yo.

—Guau —contesta Jared—. Eso estuvo muy profundo.

—De verdad te odiaba, *bro* —dice Justyce—. Te odiaba más de lo que he odiado a nadie en mi vida. Pero aquel día en el panteón pensé en dos cosas. La primera fue algo que dijo el papá de Manny cuando hiciste ese sucio "chiste" sobre la esclavitud, y Manny, con toda razón, te partió la cara.

Justyce hace una pausa para que Jared lo asimile, y Jared se muerde la lengua (como sabe que le corresponde).

—El señor Rivers nos contó que oyó a uno de sus subordinados blancos referirse a él con un insulto racista, pero no lo despidió. "Las personas casi siempre aprenden más cuando les dejas pasar ciertos comportamientos que cuando las castigas", dijo. Esas palabras cruzaron por mi mente mientras leía el epitafio en la lápida de Manny, parado junto a ti.

—Eso duele, pero también tiene sentido —contesta Jared.

—Y luego también pensé en mi cuaderno del doctor King. Y me pregunté no solo qué haría Martin, sino qué querría Manny.

Jared asiente. Eso ya lo sabía.

Ya no hay nada que decir.

Justyce se levanta y le pega en el hombro. Es un poquitín duro para ser un golpecito amistoso, pero Jared ha sentido toda la fuerza de los puños de Justyce y sabe que su amigo —el mejor amigo que tiene— está ejerciendo un control inmenso. Lo agradece.

—No te quedes ahí todo cabizbajo —dice Jus—. Sería un desperdicio de los lindos trapitos que te pusiste.

En cuanto sale de su cuarto, el celular de Jared suelta un *¡ting!* Es un sonido muy específico que le informa que le acaba de llegar un correo de Dylan.

Lo agarra y toca la notificación en la pantalla antes de poder pensarlo mucho. El asunto dice: "Para tu aprobación".

Es un enlace a su proyecto de Derecho Constitucional terminado.

Y es perfecto. Mucho mejor de lo que habría logrado Jared solo. La plataforma y la postura de su "candidato" en los temas que eligieron están tan bien articuladas que, si no supiera la verdad, estaría convencido de que estaba leyendo la campaña de un candidato republicano a la presidencia de los Estados Unidos.

Niega con la cabeza, avergonzado. A Dylan Marie Coleman no le costó ningún trabajo trabajar con posturas que van completamente en contra de las suyas y articularlas bien. Y Jared ni siquiera ha averiguado todavía cuáles son las suyas.

Decide hablarle. Tiene muchas cosas que confesar. Muchas reparaciones que hacer.

No le contesta, así que Jared se traga su orgullo y graba un mensaje de voz: "Hola, Dylan. Me llegó el proyecto. Está… guau. De verdad, la rompiste. Estoy muy agradecido de que me tocara ser tu pareja…, aunque dudo que opines lo mismo. ¡Ja! En fin, llámame cuando tengas chance. Hay un par de cosas que quiero hablar contigo. Gracias de nuevo y hablamos pronto. Espero".

Se calla y, tras unos segundos, una voz automatizada suena: "Si ha terminado de grabar, puede colgar para entregar el mensaje o presionar uno para volverlo a grabar…".

Jared se quita el celular del oído y presiona uno.

La voz surge de nuevo: "Al oír el tono, por favor grabe su mensaje…".

Jared cuelga. Luego se lleva la palma a la frente.

El teléfono tintinea. Es un mensaje de texto.

No puedo hablar en este momento.

Ojalá esté bien el proyecto.

La normalidad de los mensajes le da ganas de llorar. Porque sabe —*¡lo sabe!*—, sobre todo luego de hablar con Justyce, que ni siquiera merece una respuesta.

Jared suspira y decide revisar sus demás mensajes. Hay una serie de mensajes larguíííísimos de Amir al estilo de "Frente en alto. El año que entra nos postulamos de nuevo y vamos a GANAR!". Hay unos cuantos que dicen "Lo siento, amigo", de un chat grupal con Pat, Robbie, Roger y Aaron. Hay mensajes de consuelo claramente obligatorios de parte de algunos de sus hermanos de fraternidad (¿al parecer Hunter decidió no convertirlo en enemigo de la casa?), y hasta hay un mensaje de Ainsley que dice lo indignada que está de que haya ganado John Preston, y que no puede creer que "la mayoría de nuestra generación haya votado contra sus propios intereses y contra la posteridad".

El último lo hace reír y negar con la cabeza (*¿Por qué son tan raras las mujeres?*), pero ninguno de los mensajes le ayuda. Tiene un hoyo negro del tamaño de Texas en su pecho.

Mientras permite que lo empape su derrota, reconoce que el hoyo no se debe a que perdió las elecciones (aunque, claro, sin duda eso es lo que arde en los bordes). ¿Se sentirá decepcionado papá? Seguramente, sobre todo si Hunter lo delata. Justyce definitivamente estaba decepcionado, y sabe que Dylan también lo estará en cuanto le diga la verdad. Quizá no vuelva a dirigirle la palabra, y es algo que tendrá que aceptar.

Pero aun así el hoyo es *él*. Sin importar quién más se decepcione, nada se compara con el asco que siente contra sí mismo y el vacío que siente por no saber quién es ni qué le importa.

Algo que dijo Justyce retumba en su mente: "La única persona con la que tengo que pasar el resto de mi vida soy yo".

Jared se mira en el espejo de cuerpo entero que cuelga de su puerta. Estaba ahí clavado cuando se mudó al apartamento con Justyce, y Jared lo usa diario sin siquiera pensarlo, pero nunca se le había ocurrido lo increíble que es poderse mirar cada vez que quiera.

¿Acaso el chico —bueno, en realidad el *hombre* (o más o menos)— que le devuelve la mirada es alguien con quien podrá vivir el resto de su vida?

Se baja de la cama y se acerca a su reflejo. Se mira bien.

Jared Peter Christensen sinceramente no tiene idea de quién es, pero de todos modos sonríe. Ya lo averiguará. Y está decidido a que cuando lo haga le guste esa persona.

27 de abril

Querido Jared:

Primero que nada, hablemos de lo obvio: ¿es raro que me esté escribiendo una carta? Totalmente. Pero por muy esotérico (y por lo tanto absurdo) que suene, también se siente necesario.

En segundo lugar, esto no fue idea mía. Hace poco descubrí que la mayoría de las "buenas ideas" que tengo y de las cosas que hago que me cambian de alguna manera no suelen originarse en mí. Históricamente, no solo me he quedado con el crédito, sino que también me he creído genuinamente mis propias mentiras al reclamar el genio ajeno como propio. La única excepción fue cuando les dije a Justyce y a SJ que debíamos tratar de ayudar al primo de Manny, Quan, a salir de la cárcel (legalmente, por supuesto). Esa idea de verdad vino de mí. (¿De nosotros?).

En fin, la idea de escribir <u>esta</u> carta provino de Dylan Marie Coleman. Aunque haya esperado a que entregara su evaluación no rescindible de mi desempeño en nuestro proyecto, finalmente le dije que yo había sido el denunciante anónimo que hizo que la eliminaran de las elecciones. Resulta que mi intuición fue correcta cuando le pedí a Justyce que estuviera cerca pero oculto, porque, a diferencia de él, ella <u>no</u> se contuvo de hundirme los dientes. De hecho, me tacleó, se sentó en mi pecho y me apaleó hasta que Justyce logró quitármela de encima. (Un saludo al ojo morado, la mandíbula amoratada y el labio abierto que me dejó de recuerdo).

Unos días después se puso en contacto conmigo y me preguntó si podíamos vernos. Y cuando me dio su palabra de que ya se le había pasado el impulso de tullirme/asesinarme/hacerme picadillo, acepté. Nos vimos en el café donde nos conocimos, pero el hecho de que estuviéramos en público no evitó que me dijera mis verdades. (Eso fue lo que me dijo: "Tengo algunas cosas que contarte, pero primero tengo que decirte tus verdades"). La retórica no tenía mucho sentido, pero la acepté, lo que implicó quedarme ahí sentado —en el gabinete del rincón que nos gusta a ambos— y dejar que me apaleara. Todo lo que dijo fue verdad, pero me haré el favor de no usar todas las groserías que intercaló.

Cuando terminó, se disculpó para ir al baño y me dijo que no me moviera. Y me alegra haberle hecho caso porque cuando regresó a la mesa me dio las gracias. Me dijo que aunque fuera un idiota, también sabía lo lindo que puedo ser.

—He estado involucrada con algunos seres humanos verdaderamente <u>monstruosos</u> —dijo—. Tú tomaste algunas decisiones grotescamente privilegiadas y arrogantes, pero creo que tu imbecilidad se debe en parte a tu pésima educación, y se nota que quieres ser menos horrible.

(Ese es el cumplido con más doble sentido que he oído en mi vida).

También dijo que se notaba —que lo SENTÍA incluso— que de verdad le tengo cariño. Y que a pesar de que le haya robado una victoria que creía segura, que la eliminaran de las elecciones fue lo mejor que le pudo haber pasado porque se había "postulado por las razones incorrectas y en realidad no había sanado suficiente de la otra situación para ser una buena líder". (Todo eso ya me lo había dicho Avis, por supuesto, pero me quitó un peso de encima oír a Dylan confirmarlo).

Después de decirme que espera que mi derrota "se haya sentido como una patada en los huevos de parte del karma" (esta preciosa joven no se guarda nada), me dijo que se había escrito una carta de amor a sí misma en cuanto sintió que podía doblar cómodamente los dedos luego de atacarme. ("De lo que no me arrepiento en absoluto, aunque se supone que sepa que la violencia nunca es la respuesta").

Esa carta la ayudó a ver "que todo salió como tenía que salir" y que "es digna de su PROPIO respeto, honor, amor y dignidad".

Así que pensé que podría hacer algo parecido.

Viejo, sí que hablo mucho cuando hablo solo, ¿eh?

En fin, ahí va:

Querido Jared:

Ahora me estoy escribiendo una carta <u>dentro</u> de una carta a mí mismo, pero no voy a pensarlo mucho. La verdad es que no te conozco muy bien. Yo sé el tipo de persona que te han dicho que deberías ser —distintas entidades, la sociedad y tu papá incluidos—, pero como lo demuestra la cantidad de disonancia cognitiva que has estado sufriendo desde que un oficial de policía mató a tiros a tu mejor amigo, el tipo de persona que te han dicho que deberías ser no parece encajar con la persona que eres ni con la que te gustaría ser.

Tienes algunas cosas buenas, sin dudas. En general eres listo, tienes un pensamiento crítico decente (la mayor parte del tiempo) y genuinamente, aunque de forma imperfecta, te importan los demás. De verdad quieres hacer el bien, mejorar el mundo. Aún no estás muy seguro de cómo lograrlo, pero tiene mérito que pongas tu corazón realmente en ello.

También tienes cosas no tan buenas. A veces tomas decisiones poderosamente estúpidas. Eso es porque no tomas en serio las posibles consecuencias y, más seguido de lo que te gustaría admitir, has logrado evitarlas. También puedes ser bastante cerrado; sueles ser culpable de ser más palabras que acción; a veces prefieres ignorar ciertas verdades sobre la injusticia y la inequidad porque no te afectan; y, si somos completamente honestos, hay veces en que la idea de renunciar a tus ventajas, incluso las que no te ganaste, te parece completamente ridícula. (Digo, en serio, ¿qué persona cuerda lo haría voluntariamente?).

Sin embargo, por favor, recibe esta carta como mi compromiso de mejorar las cosas, de ponerme firme en lo que valoramos y de comprometerme por completo con ello. Porque vamos a estar juntos literalmente de por vida y de verdad quiero estar en paz contigo.

¿Cómo será eso? Todavía no estoy seguro, pero vamos a averiguarlo juntos, tú y yo. Y creo que sé cuál sería un buen comienzo:

No permitiremos que las opiniones de las personas que no reconocen el valor inherente de TODOS los seres humanos afecten nuestra opinión de nosotros mismos ni nuestra manera de movernos por el mundo.

En términos legos, ya no vamos a permitir que la gente que ni siquiera nos cae bien afecte cómo nos sentimos sobre nosotros y nuestras decisiones, papá incluido. (Porque hablando sin rodeos, como diría Justyce, lo queremos pero definitivamente no nos cae bien. Además, seguir usando la primera persona del plural nos está dando jaqueca, así que volveré a la segunda).

Eres un tipo normal, Jared. De verdad lo creo. Y te estás esforzando por ser bueno. Todavía no llegas, pero has recorrido un largo trecho y me siento orgulloso de ti.

Sigamos así, ¿sí?

Sinceramente,
Jared

P. D.: Socio, lo arruinaste por completo y no conseguiste a la chica. Esta vez te lo perdono, pero seamos mejores. Por favor, viejo.

CUARTO ACTO

Segundo al mando

Dos semanas después

Hay dos cosas en la vida de las que está seguro Jared Peter Christensen. La primera es que quizá Ainsley Cruz no sea tan mala a fin de cuentas. No, sigue sin querer salir con ella, pero definitivamente la respeta más luego de haberse enterado de que, a pesar de haber sido la persona que le envió las fotos policiales de Dylan, no se las mostró a nadie más. ("Mi objetivo era darte ventaja a ti, no arruinar la reputación de otra mujer ambiciosa").

Lo segundo de lo que está seguro es su alivio de que hayan terminado los exámenes finales. Su segundo año de la licenciatura se acabó oficialmente y, aunque no todo haya salido como esperaba, puede decir sin temor a equivocarse que es un hombre diferente del que entró al campus al principio del primer semestre.

Está bastante seguro de que la rompió y de que podrá mantener sus excelentes calificaciones en las materias que tuvieron un examen final, pero mentiría si dijera que la que tuvo un proyecto final —Derecho Constitucional con la doctora Yeh— no lo hizo preocuparse por perder el 3.97 de promedio que había mantenido hasta ahora.

Resulta que se preocupaba en vano. Para cuando regresa al apartamento que comparte con su mejor amigo, Justyce McAllister —que quizá sea el mejor ser humano en la Tierra—, ya recibió una notificación por correo: su calificación en el proyecto final de Derecho Constitucional con Dylan está publicada en la página web de la clase.

No se le ocurre que "publicada en la página de la clase" significa que cualquiera que haya tomado la materia podrá ver esa calificación hasta que pincha la pestaña de Proyecto Final y se da cuenta de que puede ver las calificaciones de todos.

Esa doctora Yeh es toda una amenaza a las buenas costumbres.

Sin embargo, sonríe. Su calificación, que está casi al inicio de la lista ordenada alfabéticamente por apellidos, es de 92. Y la de Dylan es 95. (Al parecer, la doctora Yeh se tomó en serio esas evaluaciones de pareja. Jared le escribió un comentario entusiasta a Dylan y admitió que ella había hecho la mayoría del trabajo, como parte de su compromiso de ser más honesto consigo mismo y con los demás).

Su primer impulso es llamar a Dylan para darle las gracias, pero su curiosidad lo supera. Sigue recorriendo las calificaciones del proyecto.

—Uf—dice al llegar a "LePlante IV, John Preston". No recuerda quién era su pareja, pero a él le pusieron la peor calificación de ambas secciones: 67.

A pesar de saber que siente la clásica alegría por el infortunio ajeno, Jared sonríe. No tiene idea de cuáles serán sus otras calificaciones finales y sabe que, técnicamente, esto no es una competencia, pero *carajo*, qué bien se siente aplastar a su némesis.

Jared se deja caer en el cómodo sofá en la sala que comparte con Justyce y entrelaza las manos detrás de la cabeza. Se siente bastante bien en general. Su teléfono vibra dos veces con una notificación que lo agarra desprevenido. Le había asignado esa alerta a los mensajes en el portal del CEU y no la había oído desde que llegaron los resultados de las elecciones.

Lo abre. Ari Park le envió un mensaje directo: "Tenemos que vernos cuanto antes".

Qué raro.

Está escribiendo una respuesta cuando su teléfono tintinea con un mensaje. Es de Avis... Pero antes de que pueda abrirlo, el celular empieza a vibrar e *Int'l Players Anthem* resuena en el aire.

Es Amir.

Jared se lleva el teléfono al oído con cuidado.

—¿Bueno?

—¡VIEJO! —brama Amir—. ¡Escándalo!

—¿*Bro*, de qué…?

El teléfono hace un bup por otra llamada entrante. Es Pat Neuman.

—Espérame un segundo, A.T.…

—¿Cómo que me espere? ¡¿Tienes idea de lo monumental que es esto?!

—De hecho no, porque no me has dicho nada. Un segundo.

—JARE…

Jared pasa a la otra llamada.

—¿Pat?

—¡SOCIO! —dice Pat—. ¡Los mellizos y Aaron están aquí conmigo! ¡DEBIMOS HABERLO SOSPECHADO!

Ahora Jared se está empezando a frustrar. ¡¿De qué rayos está hablando todo mundo?!

—Ya sé, ¿verdad? —dice Jared, fingiendo estar de acuerdo—. Oye, en un rato te llamo. Tengo a Amir en la otra línea.

—Claro, viejo —contesta Pat.

—¡Sabes que aquí estaremos! —grita Robbie (¿o será Roger?) desde el fondo.

Jared regresa a la llamada de Amir.

—Tienes siete segundos para decirme qué está pasando, Amir, sin adivinanzas ni florituras. De lo contrario, te cuelgo y no vuelvo a dirigirte la palabra.

—Diablos, no tienes por qué ser tan sensible…

—¡Te quedan cuatro, A.T.!

—¡Ok, ok! —dice Amir—. Corre el rumor de que tu amiguito John Preston LePlante IV se metió en Pimienta Ecuatoriana De Origen Sureño.

—¿En qué? —pregunta Jared.

—Es un acrónimo. Ya lo entenderás. En fin, está implicado como el líder de una tremenda red de trampas con inteligencia artificial.

Espera...

—¿Qué dijiste?

—Y si mis fuentes son correctas, le revocaron el derecho a participar en *cualquier* organización del campus, atletismo y CEU incluidos, y está al borde de la expulsión.

Jared está mudo.

—No tengo idea de cuál sea la política del CEU para algo así —sigue Amir—. Quizá no tengan una. Como bien sabes, hice bien mi trabajo y leí los parámetros de las elecciones a fondo y no recuerdo haber visto nada que tratara esto directamente. Sin embargo, tiene sentido que si el presidente electo (a) no puede asumir su puesto y (b) no ha elegido un VP, el manto de tal puesto pasaría al candidato que técnicamente "perdió" las elecciones...

El teléfono de Jared tintinea en su oído de nuevo. Es Dylan. Definitivamente no se va a perder esa llamada...

—A.T., te tengo que poner en espera otra vez.

—¡*BRO*! —contesta—. ¿No oíste lo que te dije? Estoy bastante seguro de que *tú* eres el nuevo pres...

—¡Solo espérame un segundo!

Jared no sabe por qué se resiste tanto a oír lo que trata de decirle Amir. Quizá las implicaciones sean demasiado grandes para digerirlas. Mientras respira hondo y cambia a la otra línea, la realidad le cae encima: hay una gran posibilidad de que, a pesar de haber perdido las elecciones, Jared Peter Christensen sea el nuevo presidente del Consejo de Segundo Año.

Haciendo su mejor esfuerzo por mantenerse tranquilo, se lleva el teléfono al oído.

—¿Hola?

Dylan Marie Coleman solo dice una palabra:

—¿Listo?

Nota de la autora

¡Hola, hola!

Si estás leyendo esto, supongo que acabaste la historia de Jared y tienes ganas de leer más. Tristemente, no habrá más, pero sí quiero aprovechar este espacio para hacer una confesión: fue aterrador escribir este libro. Incluso más que *Querido Martin*.

¿Por qué? Bueno, en primer lugar, porque no soy un chico blanco.

¿Crecí rodeada de ellos? Sí. (Por ejemplo, Pat Neuman es una persona real, y hemos sido amigos desde nuestros días en el fondo del grupo de quinto grado de la señorita Welch, en la primaria Peachtree. De verdad hizo un par de semestres de verano en Morehouse y sigue siendo una de mis personas favoritas en el planeta).

¿Estaba segura de poder escribir este libro desde el punto de vista de un chico blanco (casi siempre en tercera persona del presente, lo cual me dio un poquito de distancia para trabajar)? Sí. Pero eso no significaba que *tú*, querido lector, me lo fueras a comprar. Sobre todo tomando en cuenta lo raro que estaba el mundo cuando me senté a escribir esta novela en junio de 2024. Los primeros dos libros de la serie han sido firmemente prohibidos en todo el país, y la legislación de la educación pública ha hecho cada vez más difícil para los estudiantes tratar temas como los que se tratan en este libro, sobre todo si el protagonista es negro.

Así que usé un protagonista blanco.

Una cita que se le atribuye a Toni Morrison dice: "La capacidad de los escritores para imaginar lo que no es ellos mismos, para familiarizarnos con lo extraño y desconcertarnos con lo familiar, es la prueba de su poder". ¿Existen cuestiones de historia y poder y política y dinero cuando se trata de quién tiene permitido lucrar contando historias ajenas? Por supuesto.

Pero no voy a entrar en todo eso aquí.

Lo que diré es esto: también creo que ese *imaginar lo que no somos* es la prueba de nuestra verdadera empatía y una oportunidad para cavar hasta el núcleo de nuestra humanidad compartida. Y eso fue lo más aterrador para mí: saber que estaba humanizando a un personaje que los lectores de *Querido Martin* adoran odiar. La pregunta que machacaba mi mente era: ¿Acaso los lectores me odiarán a mí por no odiar a Jared?, ¿por preocuparme por él?, ¿por quererlo y darle espacio para convertirse en una persona?

Es evidente que superé mis dudas y escribí el libro. Tenía que hacerlo, incluso solo por algo que Justyce dice cerca del final: "Yo soy la única persona con la que tengo que pasar el resto de mi vida". Así que no podía dejar de escribirlo.

Dicho esto, aprecio mucho que te hayas tomado el tiempo para leerlo.

Espero que te haya desafiado de la misma manera en que me desafió escribirlo.

—Nic

P. D.: Eso del profesor negro que fue despedido por su directora negra por usar, durante el Mes de la Historia Negra, en una clase compuesta mayoritariamente por estudiantes negros un libro sobre un personaje negro escrito por una autora negra, porque un padre blanco se quejó, es una historia real. El libro en cuestión era *Querido Martin*.

P. P. D.: Jared sí nombra vicepresidenta a Dylan.

P. P. P. D.: No sé si acaben juntos. Ninguno de los dos me ha dicho. ☺

Agradecimientos

Hay millones de personas a las que podría agradecer por la existencia de este libro, y para no olvidar —y por lo tanto ofender— a nadie voy a hacer unos agradecimientos sencillitos.

Phoebe, ¡lo logramos de nuevo! Gracias por creer en mí con este proyecto y por mantenerte a mi lado mientras sufría su creación. Sigues siendo una maga de la edición, y estoy muy agradecida de poder trabajar contigo. Mollie, tu fe en mí y tu voluntad de apostar por mí no tienen parangón. Gracias por ser quien eres y por darlo todo. Avis, Pat y Karo, gracias por permitirme inmortalizarlos en mi ficción. Debo decir que son unos personajes excelentes. Korey, Natalya, Wyatt, Dustin y Jabari, gracias por leer los primeros manuscritos. Y a la señora Penny Kittle, gracias por no solo leer los primeros manuscritos, sino por sugerir que le añadiera un prólogo al libro.

Nigel, sigues apoyando mis sueños al gestionar a nuestra progenie, y te agradezco mucho por eso. Brittany, nunca dejas de apoyarme, ni de decirme que YO PUEDO, ni de expresar tu entusiasmo por mi trabajo. Sé que a veces parece que me exasperas, pero quiero que sepas que te escucho y que creo en ti. Y Angel, gracias no solo por tu apoyo moral inquebrantable, sino también por brindarme un lugar de trabajo tranquilo, y agua y comida cuando estoy intensamente concentrada. Eres muy especial para mí; no hay mejor confidente.